最励志 校园小说

学习也可以
很快乐

最励志 校园小说

学习也可以很快乐

陈恩荣 / 著　李京姬 / 绘　南权萍 / 译

长江出版传媒　长江少年儿童出版社

没有成就感的孩子 不会成功

　　每个父母都希望自己的孩子学习成绩优秀,将来拥有成功的人生。不知道大家有没有思考过成绩优秀和成功有什么关系。

　　在我们看来,因为能自觉完成计划而学习成绩优秀、获得过成就感的孩子与几乎没有获得过成就感的孩子相比,对待人生的态度是完全不一样的。这些获得过成就感的孩子,拥有自己一定能实现目标的自信,这样,在他们的人生中始终都拥有行动的激情;而那些没有成就感的孩子,因为没有自信,遇到事情爱犹豫、拖拉和抱怨。

　　现在,一些孩子很少在学习中获得过成就感,对学习缺少自信,而父母又拼命让他们去培优班补课。其实,如果孩子成了学习的奴隶,就算再优秀的老师也很难把他们教好，那么，小学、中学、大学，还有人生的学习，迟早会把他们累垮。

父母没有意识到，学习的核心是让孩子成为学习的主人，保持学习的激情，而培养孩子成为学习的主人，最好的时间就在小学高年级。正如我们在《四年级（10岁）决定孩子一生的成绩》中一再强调的：投资需要恰当的时机，培养孩子也需要恰当的时机，小学高年级，孩子脑神经细胞生长迅速，可塑性强，是让他们爱上学习的黄金期。

《学习也可以很快乐》这本书告诉孩子，如果能通过获得成就感让为梦想而学习的过程变得快乐起来，那么他们最终会成为学习的主人。

希望大家读过这本书，能学会从成就感中找到自信，在自我激励中找到快乐，爱上学习，成就梦想。

韩国学习潜力开发院　金康一　金明玉

目 录

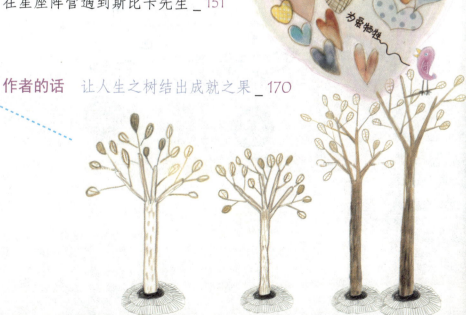

PART 1

宇宙少女与杂草的大比拼

　　呜——前进的号角响起来了，但是总有参差不齐的杂草妨碍着前进的脚步。如果不把脚下的杂草除掉，你的梦想将会落空。

　　金珠的梦想是当一名宇航员，但是她常常不按时做作业，忘记准备好上课需要的物品，还经常因为看电视、读漫画书晚睡晚起。现在金珠在自己的生活中找到了这些需要除掉的杂草。

　　请大家思考一下：为了成就梦想，你需要除掉哪些杂草呢？

宇宙少女与杂草

金珠思考着斯比卡讲的关于杂草的事，
脑子里突然浮现了自己被杂草包围着的落魄相。

"五，四，三，二，一，点火！"

金珠看到即将起飞的宇宙飞船不由得紧张起来。眨眼间，火箭喷出像红色柱子一样的火花后便向天空飞去。电视里，人们一边大声欢呼，表达对火箭起飞的喜悦，一边冲天空挥手，向火箭道别。

嘭！嘭！噼啪——嘭！

声音是从外面传来的。金珠马上跑到阳台上朝外望去，她看到烟花喷出的一粒粒"金沙"在空中聚成一朵又一朵五彩的"花"。这些"花"从天而降,天空犹如春天的花园一般。

"哇!放烟花了!"金珠兴奋地叫了起来。

不知道什么时候,妹妹银珠也跑到了金珠的旁边观赏烟花。

"看那个青绿色烟花!真的好美啊!"金珠望着天空中的烟花,感叹地说。

"姐姐,我也想放烟花。"

"那是为了庆祝我们国家首次有宇航员进入了太空。你知道吗?这位宇航员是位女士呢!"

"哦,是吗?我也想坐宇宙飞船去太空玩一玩。"银珠满是羡慕地说。

对妹妹的话,金珠只能无奈地耸耸肩膀:"你不是坐个汽车也会吐吗?晕车的人是绝对坐不了宇宙飞船的。"

"哼,上次是因为没有吃饭弄的。"银珠嘟起了嘴。

金珠望着天空说:"等着瞧吧,我一定会成为一名宇航员的。"

"我也是。"银珠也跟着姐姐说。

金珠微笑地看着银珠,说:"是吗?那么我们就是首对宇宙姊妹了！"

说着这话，金珠兴奋了起来，好像自己已经是宇航员了一样。突然，她感到自己的心跳加快了，怦怦地跳个不停，因为她觉得宇宙从来没有像今天这样离她这么近。金珠继续望着天空中的烟花，一直望到烟花慢慢地消失。

"金珠！"

听到妈妈的叫喊，金珠关上阳台的门走进了自己的房间。

"作业写完了吗？"妈妈一看到金珠就问了起来。

可金珠根本不理睬妈妈的话，只是兴高采烈地冲着妈妈手中的水果冰沙喊："哇！是冰沙。"

金珠立马接过妈妈手中的冰沙，小心翼翼地走到自己的书桌旁。

"作业呢？"妈妈追在金珠的身后又问了起来。

"吃完冰沙，我就会做的。"

"明天上课需要的东西准备好了吗？早上时间紧，现在就快点准备一下吧！"

"知道了，我吃完就马上去准备。"

 学习也可以很快乐

妈妈还是不放心地又叮嘱了一次："不要光是说'知道了'。做完作业后，一定要检查一下明天上课需要的东西，知道了吗？"

"嗯，知道了。放心吧！"

金珠轻轻地关上房门，回到书桌前，然后打开书包，拿出了希恩借给她的五本漫画书。望着这些书，金珠琢磨着："今天晚上得写作业。漫画书是现在看两本，还是等明天一口气看完呢？"

"嗯，还是吃冰沙的时候看一点算了。"

金珠一边看着漫画书，一边吃着清爽的水果冰沙，她觉得这简直就是世界上最幸福的事。

"学习的时候也是这种感觉该多好啊！"

虽然金珠有点担心作业的事，但还是继续看着漫画书。正看得津津有味的时候，妹妹银珠走进来了。

"宁越的爷爷来电话了，让你听电话呢！"

"真的？"

听到是爷爷来的电话，金珠立刻跑到了客厅。

"爷爷！"

"金珠。"

听到爷爷的声音,金珠感觉自己就像在爷爷的怀抱里一样,温馨又舒服。爷爷的声音还是那么慈祥。但偶尔从电话里传来的咳嗽声,令金珠有点担心。

"您哪里不舒服吗?感冒了吗?"金珠担心地问。

幸好爷爷说没有什么大碍,这让金珠放心了很多。

"有没有看到宇宙飞船升空啊?"爷爷问。

原来爷爷也在电视里看到了宇宙飞船升空的场景呢!

"当然看了,我们这里还放了烟花呢。"

"你还记得你小时候跟爸爸妈妈一起在宁越县天

文台参观的事吗？"

"我自从五岁时去过后，就再也没有去过老家那个叫星马路的天文台了。我对五岁时去过天文台的事一点记忆都没有，每次听到爷爷和爸爸、妈妈提到天文台的事时，感觉就像是做梦一样。"金珠怅然地回答道。

"那你抽空再来这里看看吧！金珠，你不是梦想当个宇航员吗？"爷爷说。

"好的，爷爷。您好好保重身体，晚安！"说完，金珠依依不舍地放下了电话。

（爷爷，我想去看星星。但我没有空，我每个星期六都要去培优班上课。）

妈妈收拾着空冰沙碗问："接完电话了？"

"嗯，但是，妈妈……"

"怎么啦？有什么事情吗？"

"我听到爷爷的声音，更想爷爷了。"

"是吗？什么时候得去看一看他老人家了……"妈妈话说了一半，便停下来，似乎在想着什么想得出了神。

金珠想对妈妈说找个周末去宁越看爷爷，全家人再去星马路天文台看看，但她没敢说出口。走进自己的房间后，她才低声地说："星期六不去培优班不就……"

沉浸在漫画书里的金珠看到墙上的钟后吓了一跳。

"什么？怎么这么快？"

金珠赶忙打开书包，拿出了课本，准备先确定一下有什么作业，再从简单的作业开始做起。

现在离与妈妈约定睡觉的时间只有三十分钟了。

  学习也可以很快乐

正在金珠忙着用电脑寻找作业资料时，突然"嘭"的一声，房间里的灯全灭掉了。瞬间，房间像个没缝的箱子一样黑乎乎的。金珠听到了一边妹妹哭喊的声音。

"妈妈！"金珠也吓得叫喊了起来。

这时，妈妈走进了金珠的房间。银珠一把抓住妈妈的一条腿，用马上要哭出来的声音说："我怕——"

"金珠，应该是停电了吧。"妈妈说。

"停电？天哪，这可不行。我还没写完作业呢。"金珠慌张地说。

"还没有写完作业吗？"妈妈觉得不可置信，问金珠。

"我刚写完一门，打算再开始写别的课的作业……"金珠不敢说是因为看漫画书还没写完作业，就胡乱解释了一下。

"那得去找找蜡烛了，你先和银珠待着吧。"妈妈小步小步地摸着墙走出房间。

"姐姐，好黑，好害怕啊！"一脸惊慌的银珠走到金珠的面前说。

"不要害怕，宇宙里也是黑乎乎的。"金珠对妹妹说。

　　听到这，银珠瞪大眼睛问："那今天坐飞船去宇宙的人不会害怕吗？"

　　"不会的。有那么多亮晶晶的星星陪着，还有什么可怕的呢？"金珠一字不差地照着爷爷的话对银珠说。

　　以前去宁越爷爷家时，爷爷抱着金珠，望着天上的星星说过："在农村，天黑是不可怕的。有那么多亮晶晶的星星陪着，还有什么可怕的呢？"爷爷的那句话一直回荡在金珠的心里。

　　这时，从房门的缝隙里透出一点点光。突然间，像巨人一样的影子闪进了金珠的房间。原来是妈妈拿着一支蜡烛进来了。

"啊呀！吓死我了。"被妈妈的影子吓到的银珠跑到金珠的背后说。

金珠笑着说："你真是个胆小鬼！"

"蜡烛也没几支了，就先用这支吧。"妈妈一边说着，一边小心翼翼地把蜡烛固定起来。

金珠坐在书桌前深深地叹了一口气。听到金珠叹气，妈妈也忧心地说："所以啊，不是让你按时写好作业的嘛，提前写完不就好了。"

听到这句话，金珠直瞪着书桌上的蜡烛不耐烦地说："谁知道会停电的啊！"

"是啊，如果知道了，就应该不会那么做了吧。所以按时完成该做的事情是很重要的，懂吗？"正准备走出房间的妈妈说。

金珠不知道该怎么回答了，因为妈妈的话是对的。金珠看着蜡烛旁边黑黑的电脑屏幕，突然很害怕，感觉会有鬼从那里爬出来似的。

"不要害怕，不要害怕……"金珠赶紧摇摇头，自言自语地说着。

金珠打开作业本拿起笔时，作业本上出现了一道影子。影子像是不想让金珠写作业似的，把金珠写的字全部遮住了。

"真是的，影子弄得看不清字啊。"

金珠回想着在学校学过的"光和影子"的原理，试着挪动蜡烛。把蜡烛移近一点会出现影子，移远一点虽然不会出现影子，但因为一支蜡烛亮度有限，烛光太暗，弄得更不方便写字了。这时金珠感到了电的重要性。

"妈妈！"金珠冲妈妈嚷道，"蜡烛光的阴影弄得我看不清字啦，还不如等到来电了再写作业呢！"

"我不是每天都叮嘱你，回家的第一件事就是写作业的吗？自己看着办吧。"妈妈生气地说。

金珠决定小睡一会儿，等来电了再写作业。

"即使起不来，妈妈也会叫我起来写作业的。就睡一会儿，就一会儿。"金珠自言自语地说着，闭上了眼睛。

"汪汪！"远处传来了狗的叫声。

  学习也可以很快乐

"金珠——该起来了。"

"嗯……"

"金珠！起床！要睡到什么时候啊？"

"知道了。"

金珠好不容易睁开了眼睛。房间里很亮，灯光很刺眼。

"呼，来电了。"金珠放心地长吁了一口气。

"快点起来，要迟到了。"

听到妈妈的这句话，金珠才清醒过来。

"嗯？什么？"金珠瞪大着眼睛看了一下房间。刺眼的阳光从窗帘的缝隙间射进来。

"天哪！怎么办？"金珠用双手捂住自己的脸叫了起来。

"妈妈！为什么没叫我起床？"

"什么？"

"昨天晚上我以为妈妈会叫我起来写作业呢，所以才放心睡觉的啊！"

"啊？你又没有让我叫醒你，我还以为你写完作业才睡的。"

金珠哭丧着脸，直愣愣地坐在床上。

"快点，没时间了。快点起来洗脸、吃饭！该迟到了！"妈妈催金珠。

"我怎么这么倒霉啊！"金珠无奈地站起来。

"金珠，不是因为你运气差，而是因为你没有提前准备好，这是必然的结果。"

在妈妈斩钉截铁的话语声中，金珠走出了房间。

教室里，同学们都在聊着昨天晚上停电的事情。

 学习也可以很快乐

"我们家连个蜡烛都没有。"希恩说。

"一停电，真的什么事情都做不了了。"灿熙接着说。

"那你也没有写完作业吗？"金珠好奇地问。

"哈哈，当然提前写好啦。我是谁啊！"

"这也太稀奇了，这可不像你的作风。怎么还提前写好作业了？"金珠气急败坏地说。

"什么话啊，我一直都是提前写好作业的。"灿熙回答说。

这时班主任走进了教室。教室马上安静了下来，同学们也都坐到了自己的位置上。班主任先谈了昨天电视里转播宇宙飞船升空的事，接着把学校将要举办特别庆典活动的情况介绍给大家：

"我们学校会以'梦幻宇宙学校'为主题开展这次庆典活动。这次活动会有以宇宙为主题的画展、写作比赛、音乐会、宇宙探险展示会和星座阵营等众多项目等着大家报名参加。此外，还有全班同学一起参加的发表会。发表会形式自由，我们班会在下个星期的班会中讨论并决定发表会的内容。大家有什么好的想法可以把它记下来，然后在下个星期的班会中谈一谈自己的想法。请同学们仔细阅读今天发下去的活动项目表,在想要参加的活动项目中画圈。下星期之内交上来就可以了。"

"哇——"同学们都兴奋地叫了起来。

接着班主任把活动项目表发了下来。金珠是从星座阵营的项目开始看的,这是一项与父母一起参加的活动。金珠看到了一行令她感到惊奇的字。

"宁越县星马路天文台!"

金珠很激动,因为宁越是爷爷住的地方。那是自己小时候去过的梦幻般的地方。

"对,就选这个!既可以见到爷爷,又可以去天文台看星星。"

但是金珠看到活动日期后就觉得没戏了。

"从 12 月 5 日开始,是星期五到星期六?怎么办?星期五和星期六要去培优班的……"

是的,金珠的妈妈在这个世上最讨厌的事情可能就是"不去上培优班的课"了。想到培优班昂贵的费用,金珠也不能当做什么事情都没有似的不去上课。再说直到现在,她一次也没有缺席过培优班的课。

  学习也可以很快乐

金珠陷入苦恼中。"那么选别的项目？唉，真的是很想去星座阵营嘛！"金珠深深地叹了口气，把活动项目表放进书包。

　　回到家的金珠一放下书包就瘫坐在地上。离去培优班上课还有一个小时的时间，可金珠的一天好像已经结束了似的。

　　"唉，昨天的作业还没做完呢。"

　　在这一个小时里，金珠只能和作业一决高下了。想到昨天没有做完的作业和今天布置的新作业，金珠烦透了。

　　金珠打开电脑，点击浏览器后犹豫了一下，然后还是在搜索栏里输入了"星马路天文台"六个字。虽然她心里很担心作业，但还是战胜不了好奇心。

　　"对，搜索完这个马上写作业。五分钟就够了。"金珠对自己说。

　　网页上出现了星马路天文台的网址，网址的下面有一些对"星马路天文台"的简介。

　　金珠点击了"星马路天文台"的网址。不一会儿，电脑屏幕上弹出了"星马路天文台"几大硕大的字,在它们周围有许多闪烁的星星。

"哇!这里实在太棒了!"星马路天文台的魅力把金珠深深吸引住了。

"真的好想去啊!不,我一定要去!要成为宇航员,怎么能不到天文台去看看呢?!"金珠暗自下定决心。

这不是一件容易的事情,但只要得到妈妈的同意就一定可以参加星座阵营活动,顺便还可以见到宁越的爷爷!啊!这件事就是光想想也高兴得不得了呢!

"顺便也到这个叫小不点儿的天文台看看。"

金珠点击了下网页上另一个网址。不一会儿，小火星的上面出现了一个人，是一位有胡须的叔叔，他正用望远镜看星星。

金珠很喜欢这个淳朴、有着亲切感的网站。更有趣的是，那里还有人说话，一位叔叔对金珠说：

"欢迎进入小不点儿天文台。我们小不点儿天文台会帮您制作属于您自己的星球。"

"属于我的星球？"金珠很有兴趣。

写有"制作我的星球"的文字一直伴随着星空的背景在金珠的眼前晃来晃去。金珠像是被一股巨大的力吸住了，不由自主地点击进入了这个网页。不一会儿，画面一变，出现了几个问题。

"在地球上您的名字叫什么？"

"江金珠。"

"请写下你到达地球的日期。"

"8月20日。"

"您的梦想是什么？如果您没有梦想，那么请找到梦想后再过来吧。"

"梦想？我的梦想当然是当一名宇航员啦！"

接下来，金珠以"宇宙少女"的名义制作好自己的星球，点击了确定按钮。之后，在悠扬的竖琴声中，画面变换成了夜空。接着，出现了许多星星，星星们晶莹剔透，还不停地闪烁着。刚刚诞生的金珠星球在宇宙的中央一闪一闪。

"哇——真让人着迷！"

这时，金珠的眼前出现了黄色的星星模样的邮件。

"宇宙少女，您有未读邮件。"

金珠激动地打开了邮件。

"欢迎宇宙少女的光临。希望您可以在小不点儿天文台实现您伟大的梦想。如果有什么疑问，请使用寻找好友栏吧！周围的星球朋友会来帮助您的。"

学习也可以很快乐

"寻找好友栏？"

金珠在画面的最上方发现了这个选项。

"金珠！你回来了吗？"是妈妈的声音。

"嗯！妈妈，我回来了。"

金珠这才看了一下时间。表的分针已经转了整整一圈。

"完了！出大事了！时间过得怎么这么快啊？"

作业怎么办？一个小时就这么一直坐在了电脑前！金珠赶紧背起书包跑出了房间。

"怎么还没有去培优班上课呢？"

金珠迟疑了一下，还是对妈妈说了学校活动的事："妈妈，我把学校活动的项目表放在了客厅，你先看一下吧。我去上课了。"

说完，金珠转身走了出去。

"不是叫你不要迟到的嘛！"从客厅里传来了妈妈的指责声。

那天晚上7点，上完培优班的课，金珠兴高采烈地回到了家。她早就把在学校里的坏心情丢在一边

了,因为她的头脑里总是浮现出在小不点儿天文台制作的属于自己的星球。

吃晚饭的时候,金珠对妈妈说起学校的活动。

"妈妈,看到刚才那个项目表了吗?"

"嗯?幻想宇宙学校?"

"是梦幻宇宙学校。"

"知道了。你想选哪个项目?"

"是星座阵营!我真的很想去!妈妈,你知道的,我想当宇航员,所以要去星座阵营啊!"

"那就选那个项目吧。但我和你爸爸不一定有时间陪你去。你爸爸经常要出差,我又不一定能请假。你自己能去吗?"

妈妈的回答让金珠很意外。

"妈妈,你是同意了,对吧?那就可以不去上培优班的课了,对吗?"

"那是什么话?为什么要缺课?"

金珠的心又开始沉了下来。

"日期不是5日到6日嘛!是星期五到星期六的两天一夜星座阵营旅行。"

  学习也可以很快乐

"是吗？"妈妈再次翻开项目表确定了一下，"啊，原来是这样子。那你怎么不选别的项目呢？"

"妈妈，就缺一次课不行吗？我真的很想去。"

"金珠，不是也可以选别的项目吗？选既可以不缺课，又可以参加学校活动的项目，岂不是两不耽误？为什么一定要去星座阵营呢？"

"妈妈，去星座阵营不是还可以见到宁越的爷爷吗？妈妈——"

听到这话，妈妈沉默了。

金珠无精打采地在沙发上坐了下来。等了好一会儿，妈妈也没有开口。金珠只有起身回房间。

这时妈妈说："如果你想爷爷了，我可以和你爸爸商量一下，什么时候我们一起去看望一下他老人家。"

"算了。没关系的，我还是选别的项目吧。"

说完，金珠就回自己房间去了。回到房间的金珠躺在床上直愣愣地看着天花板，她很努力地想忘记这件事情，好让自己心情好一点。

"比起喜欢我，妈妈应该更喜欢钱吧。"但一想到这里，金珠突然很伤心，很想哭，"妈妈怎么就不理解

我呢？我什么时候可以自由地决定自己的事情啊?!
就没有一个人能理解我吗？这个时候,要是有倾听我
心里话的人就好了。"

　　金珠突然想到了一件事。她马上起身坐在电脑
前,打开电源,开始浏览小不点儿天文台。金珠想再
看一下去培优班上课之前自己制作的星球。

　　金珠登录进去后,点击了"寻找自己的星球"选项,
这时,页面变成了黑色的夜空,金珠的星球再次出现

了。在众多闪烁的星球中,金珠的星球是最亮的。

"好啊,又见面了!"

金珠舒了一口气,放心了。她生怕那个属于自己的星球会消失。金珠慢慢移动着鼠标,每次鼠标指到另一个星球时,星球的上面就会出现那个星球主人的链接。这时金珠无意中发现了一个叫"宁越斯比卡"的星球主人。

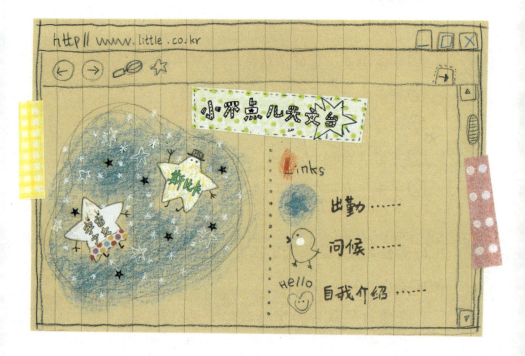

"啊？宁越？会是做什么工作的人呢？说不定这个人去过星马路天文台呢！"

金珠的鼠标在叫宁越斯比卡的星球上停住了。忽然，她不小心按错了地方，进到了一个页面，上面写着："这里是寻找好友栏的选项。现在会员宁越斯比卡是在线状态。"

"寻找好友栏？"

金珠犹豫了一会儿，最后还是鼓起勇气和宁越斯比卡搭起话来。

😵宇宙少女：你好，在吗？

😵宇宙少女：不在吗?

😵宇宙少女：%>_<%

😵宇宙少女：?

😵宇宙少女：如果你不在我就走了。

奇怪的是，金珠等了很久也没有等到宁越斯比卡的回答。

金珠打算最后和宁越斯比卡说句话。

  学习也可以很快乐

😛 宇宙少女：你很忙吗？那下次再聊吧。

😎 斯 比 卡：哎呀，吓我一跳，还会有陌生人和我搭话。不管怎样，很高兴见到你。宇宙少女，你是谁啊？

😛 宇宙少女：我是个小学五年级学生。今天是我第一次制作自己的星球。

😎 斯 比 卡：呵呵，祝贺你，是刚诞生的小星球啊。

😛 宇宙少女：制作自己的星球心情特别好，感觉挺神秘的。

😎 斯 比 卡：是吗？我也是一样的心情。你是怎么找到我的星球的？

😛 宇宙少女：在为不能参加星座阵营而烦心的时候，我进到这里无意中看到的。我十分想去星马路天文台看看，可惜去不了了。

😎 斯 比 卡：啊？应该很伤心吧！

😛 宇宙少女：妈妈说会缺席培优班的课，所以不能去星座阵营。

😊 斯 比 卡：是吗？其实我今天也有烦心事。这几天一直下雨，弄得我都忘记耕地了。结果我看到田地里状况的时候吓坏了，杂草已经占领了整片田地。所以，今天我一整天都在和杂草作斗争。没想到只偷一次懒，反而把自己弄得更辛苦了。

😛 宇宙少女：其实妈妈每天都会说我是个懒蛋包子。昨天我没有按时写作业，看漫画书看到了停电。

😊 斯 比 卡：如果每天辛勤地拔除杂草，就不怕意外发生了。偷懒把事情推到明天和懒得拔杂草是一样的。宇宙少女你也应该努力地拔掉那些杂草啊！

😛 宇宙少女：杂草太多了，我不知从何下手啊！

😊 斯 比 卡：不要放弃，就从现在开始。只要你每天都努力，就会慢慢地拔掉那些杂草的。以后有什么难处和疑惑，可以随时来找我。

学习也可以很快乐

😵 宇宙少女：真是太谢谢你了。刚才我还很烦心，现在好多了。

😎 斯 比 卡：那你保重，再见！

金珠关闭了对话窗口，感觉刚才像做梦似的。想来这还是自己第一次和网上的陌生人聊天呢！金珠感觉斯比卡和宁越的爷爷一样，是既亲切又善良的人。金珠开始被这位不知道长相的特别朋友的魅力吸引住了。

不管怎样，金珠身边出现了一位可以诉说秘密的朋友，这是最值得高兴的。

金珠想到宁越斯比卡讲的关于杂草的事，脑子里突然浮现了自己被又高又密的杂草包围着的落魄相。

"杂草？我讨厌被杂草围着。"金珠摇摇头。回想起来，自己经常欠一大堆作业，这已经是习以为常的事了，虽然也经常下定决心不再偷懒，但每次都是没过几天就又回到原来懒散的生活中去了。

为了要完成昨天没有完成的作业，金珠心情沉重地打开了课本。

"是啊，作业会越堆越多的。"

金珠看了一下表，已经是 9 点了。虽然很想看漫画书，但她还是忍住了。这时金珠的耳边仿佛传来了斯比卡的激励声："不要放弃，就从现在开始！"

金珠深深地吸了一口气，开始和懒得做作业的"杂草"作斗争。

学习也可以很快乐

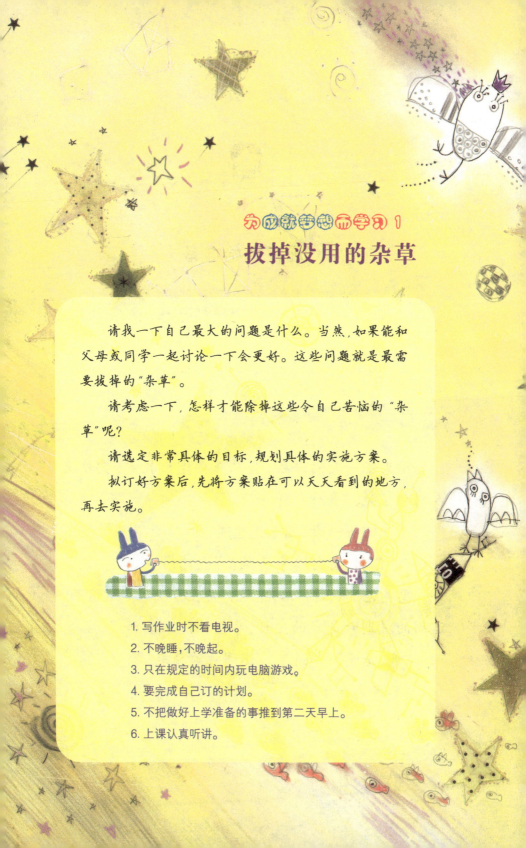

为成就梦想而学习1
拔掉没用的杂草

请找一下自己最大的问题是什么。当然,如果能和父母或同学一起讨论一下会更好。这些问题就是最需要拔掉的"杂草"。

请考虑一下,怎样才能除掉这些令自己苦恼的"杂草"呢?

请选定非常具体的目标,规划具体的实施方案。

拟订好方案后,先将方案贴在可以天天看到的地方,再去实施。

1. 写作业时不看电视。
2. 不晚睡,不晚起。
3. 只在规定的时间内玩电脑游戏。
4. 要完成自己订的计划。
5. 不把做好上学准备的事推到第二天早上。
6. 上课认真听讲。

现在开始准备

现在开始为了梦想奋斗吧！辛苦奋斗而得到的经验
将成为大家成就梦想的重要营养成分。

结束了一天的课程，金珠正要走出教室，突然有
人叫住了她："金珠！等一下。"

金珠回头一看，原来是惠美。

"是你啊，有什么事情吗？"金珠问。

惠美递了一封信给她，说："是生日庆祝会邀请函。
这周的星期六是我的生日，希望你能来参加。"

"哦，是吗？知道了。谢谢你邀请我。"

"那我先走了。"

学习也可以很快乐

"嗯，再见。"

稀里糊涂答应了邀请的金珠歪斜着头，翻开了意外的邀请函。因为自己除了和惠美一起上过幼儿园外，就没有什么特别的关系了。满脑子疑问的金珠被邀请函的内容吓了一跳。

惠美生日邀请函

请和恐龙们一起为我庆祝生日吧！在庆祝我生日的同时，你可以参观恐龙展，还可以在假象体验馆里寻找刺激！
*碰面地点：西大门自然博物馆前的饭店

邀请函
金珠

"与恐龙们一起庆祝惠美的生日？"

可能又是惠美妈妈组织的，金珠马上想到了上幼儿园时惠美生日派对的情景。

当时，刚从美国回到韩国的惠美把从美国带回来的有十二种颜色的彩笔送给了参加生日庆祝会的同学。给同学庆祝生日还可以收到礼物的事情,那是金珠头一次碰到。想到这里,金珠对惠美的这次生日庆祝会更加好奇了。

"这次不会有恐龙礼品套装吧?"金珠兴奋地把邀请函放进了书包里。

第二天,惠美生日庆祝会的事情已经在班里传遍了。理由很简单,因为她几乎把班里的同学全都邀请了。

同学们都很期待惠美的生日庆祝会。更棒的是这周六没有课。很多同学都说,不管有什么事情,一定要去参加。

希恩问金珠:"金珠,你也会去吧?"

金珠回答说:"嗯,培优班的课结束后去,应该正好能赶上。"

"太好了,我还以为你去不了呢。"希恩为金珠必须上培优班担心呢。

金珠笑着说:"全班同学都参加的活动,怎么能缺我呢?"

"那可不是全班同学。有一个人,他说参加不了。"

"谁？谁参加不了？"金珠很好奇，谁会放弃这么好的机会？

"是鲁彬，他说星期六有重要的事情，所以就参加不了惠美的生日庆祝会了。"

"什么？鲁彬吗？"

鲁彬是个混血儿，爸爸是新西兰人，妈妈是韩国人。鲁彬第一次到学校的时候，同学们都很好奇，好奇他的蓝眼睛、白皮肤，还有粉红色的脸颊和满头黑色的羊毛卷。更稀奇的是，他很会说韩国话。

鲁彬长得很帅，在女生中人气很旺。金珠也喜欢鲁彬，可只是在心里喜欢，平时几乎不敢和他说话。

鲁彬不参加惠美生日庆祝会，这一定让全班女生都感到很遗憾。

金珠问希恩："他为什么不参加呢？真是不懂。"

"那我就不知道了。反正惠美说她也很失望。"

"肯定啊，惠美最喜欢鲁彬了。"金珠有点小嫉妒惠美了。

"但你也喜欢鲁彬吧？"

这个意想不到的问题令金珠的脸颊变得通红。

  学习也可以很快乐

"什么？我什么时候说的啊？我不是。"

"什么啊，我都听别人说了。你真正喜欢的人是鲁彬，对吧？"希恩边说边偷偷地观察着金珠的表情。

"谁说的啊？我不是，不是！"金珠生气地回答。

"不是就算了呗。我要走了。再见！"希恩逃也似的跑出了教室。

回到家的金珠还是很生气，她感觉糟糕极了，好像被谁偷听到了自己的心声似的。金珠从冰箱里拿出橙汁，喝了一口。清爽的橙汁让金珠的心情好了一些。

"鲁彬也参加该多好啊！"

金珠真的很希望鲁彬会改变想法，去参加惠美的生日庆祝会。

过了几天，惠美的生日终于到了。

培优班的课一结束，金珠马上就往西大门自然博物馆前的饭店赶。金珠是最后一个到的，她气喘吁吁地坐到了最靠边的空位子上。

惠美的妈妈看到金珠坐下了，就开始说："请安静，同学们。那么惠美的生日庆祝会现在正式开始。请鼓掌！"

同学们跟着惠美妈妈努力地拍打双手鼓掌。

"希望今天会给大家留下一个特别的回忆。吃完饭你们可以自由参观恐龙展，然后我们会去假象体验馆体验一下。等到所有的活动都结束了，我还会发给每位同学一个纪念品。大家都清楚了吗？"惠美的妈妈像电视里的主持人一样清清楚楚地对大家说。

同学们都一脸兴奋，瞪大眼睛回答说："知道了！"

金珠四处看了一下，想找找鲁彬——说不定他改变主意来参加生日会了呢！可是金珠找了半天都没找到他。

"他真的没有来。"

金珠感觉没有鲁彬的生日庆祝会很无聊。但这时发生了一件令人兴奋的事。

惠美妈妈端着生日蛋糕进来了。像星星一样闪烁着的蜡烛一出现，同学们的视线就全都集中在了蛋糕上。

"哇！是恐龙蛋糕！"突然有个同学大声喊了起

　学习也可以很快乐

来。听到叫喊声，同学们才注意到那个模样奇怪的蛋糕是用恐龙装饰的——十二只各种颜色的不知什么品种的恐龙围在蛋糕四周。

同学们很惊喜，都以"那只是我的"的表情盯着蛋糕看。

惠美妈妈小心翼翼地朝惠美走去。突然有个人喊道："小心！"

话音刚落，只见惠美妈妈踉跄了一下，蛋糕也跟着晃荡了起来。

"啊！"

随着惠美妈妈一声惨叫，十二只恐龙向四处飞去。

"哇！恐龙掉了！"同学们像等待了很久似的，呼啦一下围了过去。生日庆祝会顿时变成了找恐龙大会。

惠美妈妈在好不容易拿掉脚下的麦克风线后想让同学们安静下来，但是那些刚拿到恐龙的同学都忙着向没有拿到恐龙的同学炫耀。

蛋糕上的恐龙已经掉光了，在坑坑洼洼的蛋糕上，惠美妈妈再次点燃了蜡烛，同学们大声唱起生日歌。

可惜，蛋糕是不能吃了，但那里的烤肉真的很好吃。

　　吃完饭，惠美的妈妈介绍下一个项目："现在开始观看自然博物馆的恐龙展。我特别给你们介绍一位解说员先生，他将会专门为你们详细讲解博物馆展品的知识。"

　　"哇！"听到这里，同学们起劲地鼓掌欢迎。

　　金珠突然想到以前和妈妈来参观，都只是大概看一下就回去了，听说这次有解说员先生专门讲解，她顿时感觉对展品更有兴趣了。

"这只巨大的恐龙叫高棘龙。请仔细观察它从颈椎到尾椎的部分,是不是真的有棘椎突起呢?它是大型肉食性恐龙,与大家熟知的霸王龙一样大。"

金珠和同学们沉浸在解说员先生的讲解中。在跟着解说员先生到剑龙旁边的时候,有个同学叫了一声:"鲁彬!"

大家的视线跟着这位同学的声音转向了鲁彬。

见到同学们的鲁彬不好意思地挥挥手,便转身用英语接待围在他身边的一群外国人。

灿熙疑惑地问:"他在干什么?"

金珠马上回答说:"没看见吗?感觉像是解说员。"

"哇!好厉害啊。"

"鲁彬,好帅!"

同学们都用羡慕的眼神看着鲁彬。

希恩突然说:"那鲁彬来不了的原因应该是为了这个吧!"

这时,解说员叔叔说:"过几天,自然博物馆将会选拔少年解说员。刚才那个学生是参选人之一,他的专长是用英语为外国人解说。他非常努力。如果大

 学习也可以很快乐

家也有自己的梦想，那么请大家为那个梦想努力奋斗吧！辛苦奋斗而得到的经验将会成为大家成就梦想的重要营养成分。好，我们继续去看厚头龙。"

一个多小时后，参观完恐龙展览馆，大家来到了假象体验馆，四人一组排队进入假象体验馆。金珠排在后面，还要等挺长一段时间才可以进去。抽这个空，金珠去了趟洗手间。没想到，她在回来的路上正好遇见了从展馆里走出来的鲁彬。

鲁彬热情地冲着金珠打招呼："嗨！又见面了！"

"呵呵，是啊。"金珠尴尬得不知道该说什么。

"生日庆祝会怎么样？好玩吗？"

"嗯。你在这里当少年解说员的事我们谁都不知道呀！"

"其实我很想参加惠美的生日庆祝会，但是因为今天有解说活动，所以去不了。"

"哦，你为什么要当少年解说员呢？"

"我的梦想是探访全世界的自然博物馆，还有利用空闲的时间写本关于韩国生物的书。所以我从现在开始一点一点准备着。"

"从现在开始准备？"

听到这句话，金珠大吃一惊。因为还是小学生的鲁彬正在为自己的未来和梦想而准备着，这么做真是很成熟。

"生日庆祝会肯定很好玩，不过今天对我来说太宝贵了，所以不能参加。假如哪一天你也有了非常宝贵的东西，你也不会与别的东西换的。"

鲁彬的想法真特别。金珠还想和鲁彬再多聊一会儿，但从远处传来了呼唤金珠的声音。

"我该走了，同学们都等着呢。"

"嗯，再见！"

金珠不情愿地向假象体验馆跑去。就像戴上立体眼镜看画面时画面上的物体要跑出来一样，"成就"这个词从金珠心里的某个地方跑了出来。

生日庆祝会结束后，金珠回到了家。

"妈妈，我回来了。"

"嗯，上完培优班的课后去参加生日庆祝会了？"

"是的。"

"那个是什么？"

"是惠美妈妈给的纪念品。"

金珠拆开纪念品的包装，原来是一套恐龙模型彩笔，一共八支。

"哇！惠美妈妈真的很喜欢彩笔。"金珠高兴地大声叫起来。

这时候，金珠突然想到了斯比卡。好久没见到自己的星球了，它还在闪烁吗？金珠马上打开电脑登录了进去。"今天一定要问问斯比卡关于鲁彬的问题！"金珠想。

宇宙少女：你好！斯比卡。我今天在自然博物馆里见到了我们班的同学。但令我意外的是，他是一名少年解说员。

斯 比 卡：那个同学好厉害啊！他应该很喜欢博物馆吧?

宇宙少女：是的。他连生日庆祝会的邀请都拒绝了，就因为与解说活动的时间冲突了。他说今天对他来说很重要，是为成就梦想做准备的时间。

斯 比 卡：你知道这个世界上有两种人吗?

宇宙少女：嗯? 好人和坏人?

斯 比 卡：呵呵，应该是只会空想的人和拥有梦想的人。^_^只会空想的人对自己的梦想只是想想，从来什么都不做。他们

学习也可以很快乐

不是真正有梦想的人。为了实现梦想
而做准备并且努力实践的人才是真正
有梦想的人。

🔵宇宙少女：哦……是啊。^_^

🟢斯 比 卡：你知道吗？要想取得成就，就需要自
觉战胜自我，寻找"崭新的我"。自觉
战胜自我需要一种特别的原则，那就
是优先顺序原则。

🔵宇宙少女：优先顺序原则？那是什么？

🟢斯 比 卡：就是把最重要的事排在前面优先做。
就好像吃甜筒冰激凌，宇宙少女，你
吃的时候是先吃上面的冰激凌，还是
先吃下面的甜筒呢？

🔵宇宙少女：当然是先吃上面的冰激凌啦。

🟢斯 比 卡：是的。如果先吃下面的甜筒，那么冰
激凌会全部化掉，那样就吃不了了。
所以如果把上面的冰激凌想成最重要
的东西，把甜筒想成不是很重要的东
西，这样就明白优先顺序的道理了。

宇宙少女：嗯，知道了。提到冰激凌，我倒是现在就想吃了。^_^

斯 比 卡：咳！真是的！呵呵。

宇宙少女：吃了冰激凌才会更理解。^_^那么，下次再聊吧。

关掉对话窗口后，金珠坐在椅子上回想刚才的话题："对我来说什么是最重要的呢？现在我该做些什么呢？对了！现在对我来说优先顺序是吃冰激凌，嘻嘻。"

金珠跑进厨房，打开冰箱，啊?! 连一个冰激凌都没有。

"江银珠，是你把这里的冰激凌全部都吃了吧?! "金珠大声地叫起来。

就在这时，从玄关处传来了爸爸的声音。

"爸爸回来了。"金珠马上跑到爸爸的面前，接着银珠也跑了过去。

"爸爸！您回来了。"姐妹俩一起跟爸爸打招呼。

"嗯，你们过得好吗？"

  学习也可以很快乐

姐妹俩有一周没有见到爸爸了。金珠突然看到爸爸西服口袋里鼓鼓的，像是装着什么东西。爸爸经常把在飞机上发的饼干留给她和妹妹吃。

　　果然，爸爸从西服口袋里掏出饼干，递给了金珠和银珠。

　　"哇，是我最喜欢的花生味的。"妹妹银珠高兴地跳了起来。

　　"爸爸，我的礼物没有忘记吧？"金珠从刚开始就一直盯着爸爸的行李箱。

　　"当然啦，不过，是不是比起爸爸来，金珠更喜欢礼物啊？"

　　"哪有啊，爸爸是……不是那样的。"金珠心虚得不知道该说什么好。

　　"呵呵呵。没买礼物不得出大事了。在这个包里。"

　　"哇！"

　　金珠和银珠一起打开了爸爸递过来的包。

　　"哇，是我的兔子娃娃！"银珠立刻拿起娃娃。

　　肯定是爸爸在出差的时候，妹妹打电话跟他要的。

　　金珠拿起包装得漂漂亮亮的盒子问爸爸："这是

我的吗？"

"嗯，是的。那个是。"

金珠很是期待地打开礼物。

"这是什么啊？"

这是金珠从来没见过的稀奇东西。

"老婆，关一下灯。好了，看吧！"房间瞬间变得很黑。

这时爸爸像孩子一样尖叫起来："好看吧？"

天花板上出现了许多闪烁的星星。接着，爸爸按了另一个按钮，天花板上的星星开始慢慢地旋转起来。

"哇！真的好漂亮啊！"金珠抑制不住兴奋的心情，跟着星星一起转了起来。

"你躺下来看的话，可以看到十二个星座的。"爸爸让金珠躺在客厅地板上。

"真的好漂亮啊！爸爸。"金珠和爸爸一起平躺在客厅地板上看天花板上的星星。

"是啊。去星座阵营看星星和在家里这么看星星的感觉应该一样吧！"

"嗯？"金珠听爸爸这么说，撅着嘴坐了起来问，"是妈妈让爸爸买回来的，对吧？"

"你不是很想去星座阵营看星星吗？所以我让你爸爸买这个礼物回来。这星星比星座阵营里的更梦幻，是你不懂。"妈妈也马上躺在客厅地板上，边看着天花板上的星星边说。

"太过分了。我真的很想当宇航员，很想去星座阵营嘛，你们一点都不了解我……"金珠含着眼泪跑进了房间。

金珠对爸爸感到很抱歉，但一想到妈妈让爸爸买回这样的礼物是为了让自己不再提去星座阵营的事，金珠就又伤心了起来。

"虽然去培优班学习很重要，但我还是很想去星座阵营。这时候应该怎样做呢？我要是也能像鲁彬一样可以为自己的未来做准备该多好啊！斯比卡会给我什么意见吗？"

金珠开始纠结该不该和斯比卡聊聊自己想当宇航员这件事情。

"宇航员对我来说也许太遥远了。"一想到这，金珠更没精神了。

"金珠。"这时，爸爸走进了金珠的房间。台灯光照过去，爸爸的脸看起来比以前黑了很多，好像还老了很多。金珠突然觉得非常对不起爸爸。

"有事情要和你说，不耽误你吧？"

"嗯。"

爸爸微笑着走到金珠跟前坐了下来。

"是爸爸太忙,对你太疏忽了,都没有关心过你的梦想。我想和你一起订一个我们全家去星座阵营的秘密计划。怎么样?"

"真的吗?"金珠简直不敢相信,瞪大眼睛看着爸爸。

"当然是真的啦。"

"妈妈怎么说？她不会让我缺培优班的课的……"

"就看你怎么做了呗。只要能看到我们金珠努力学习的样子,妈妈就一定会改变主意。爸爸我有个很棒的计划,金珠你只要做好你每天该做的事就可以了,知道了吗?"

以前遇到这类事情的时候,爸爸就经常实施"很棒的计划",但几乎全都会以失败告终,所以金珠压根不抱什么希望。

"那个计划会对妈妈有效吗?"金珠半信半疑地问道。

"相信爸爸。其实妈妈刚才听到你说'你们一点都不了解我'的话后很吃惊。说实话,我也吓了一跳。我们确实没考虑过你的想法是什么,你喜欢做什么,只是一味强调让你完成和学业有关的学习。"

"爸爸,刚才的话,对不起。"

"没事的。你是不是很伤心?"爸爸握住金珠的手沉默了一会儿。

金珠有些担心爸爸的情绪,偷偷地瞄了一下爸爸的表情。这时爸爸好像读懂了金珠的心似的,微笑着

  学习也可以很快乐

说:"好了,不用担心了,会成功的! 那今天我们的秘密计划就商量到这里吧! 晚安。"爸爸拍拍金珠的肩膀,走出了房间。

不一会儿,爸爸又打开门,眯着眼睛说:"对了,以后不管你有什么想法,一定要告诉我,知道了吗?"

"嗯,知道了!爸爸。"金珠用响亮的声音高兴地回答道。这时,金珠看到爸爸堆在眼角的鱼尾纹。

"和爸爸一起加油吧!"

虽然不能保证爸爸的计划一定能够成功,但金珠还是决定这次要相信爸爸。有爸爸的支援总比自己一个人努力强得多。

金珠从书桌的抽屉里拿出了梦幻宇宙学校的活动项目表,自信地在星座阵营上画了一个圈。

金珠暗暗下定决心:"从现在开始,我要为了实现梦想做准备,要以刻苦努力的学习得到妈妈的信任。这样就像爸爸说的,妈妈一定会同意的。"

想到这里,金珠轻松了很多,心情也变得很好。她打开电脑与斯比卡搭起了话。

> 🙂宇宙少女:有希望了,今天和爸爸商量了全家一
> 起去星座阵营的计划。
> 😎斯 比 卡:哇!太好了。是为了得到妈妈许可的
> 合作计划吗?
> 🙂宇宙少女:呵呵,是让妈妈感动的计划。

  学习也可以很快乐

😎 斯 比 卡：真希望你能成功。

😛 宇宙少女：我想到你上次告诉我的优先顺序冰激凌。我也要拟订实现梦想的优先顺序。

😎 斯 比 卡：那宇宙少女，你的梦想是什么？

😛 宇宙少女：是当一名宇航员。你是不是觉得我的这个梦想压根不可能实现啊？其实我平时也常常怀疑自己……

😎 斯 比 卡：梦想都是一步一步实现的，我们先来想一想做一名宇航员要具备哪些能力吧！

😛 宇宙少女：身体健康。能做好宇宙实验，我在报纸上看过，派给宇航员的太空任务特别多。还有，英语水平也要特别高。

😎 斯 比 卡：那你有没有想过现在你能为实现这个梦想做哪些准备呢？

😛 宇宙少女：运动，好好吃饭，^_^ 提高学习成绩，学好英语。

😎 斯 比 卡：能不能说具体点呢？比如，到底要做哪些运动？学习成绩要怎样提高？英语要怎样学？

宇宙少女：唉，我明白了，到现在为止，我都只是空想，还从没有认真地想过成为宇航员到底该做怎样的准备。

斯 比 卡：请宇宙少女从现在开始按照优先顺序生活吧。还有，要记住优先顺序不能根据心情随意更改哟！

宇宙少女：嗯，知道了。绝对不可以随意更改。^_^

金珠打开一张空白的图画纸，在纸上画了一个三层高的甜筒冰激凌。

"我的梦想是当一名宇航员，所以在这三层冰激凌中，把好好学习、多运动和提高英语实力当做优先要做的事情吧。那在下面的甜筒上写看漫画书和玩电脑游戏？"

这样，金珠的特长——快速看漫画书和长时间玩电脑游戏——因为优先顺序的缘故给冷落了。虽然对金珠来说，这是个非常残酷的选择，但她很清楚违背优先顺序原则就会离自己的梦想越来越远。

　　金珠拿出惠美妈妈给的彩笔，认真地在图画纸上画了又写。最后，她拿出红色的彩笔，在冰激凌的最上面画上了小小的樱桃。

"我会把这颗樱桃当做我的家人。家人也是很重要的。"金珠在心里暗暗地说。

　　金珠把画好的优先顺序冰激凌图贴在了墙上。这是装满金珠甜美梦想的冰激凌。金珠下定决心,无论在什么情况下都会记住这个优先顺序的。

　学习也可以很快乐

为成就梦想而学习 2
制订优先顺序表

要学会在所有需要完成的事情中选择出最重要和最应该先完成的事情。

请把每天必须要完成的事情按照这个原则制作成"优先顺序表",这样可以帮你分辨事情的轻重。请根据"优先顺序表"开始新的一天的生活。

1. 回到家的第一件事情——写作业。
2. 写完作业后马上准备明天上课需要的学习用品。
3. 做好明天上课的准备后写日记,确定和修改优先顺序表。
4. 睡前读书。

PART 2

宇宙少女的首站，吃优先顺序冰激凌

你知道优先顺序冰激凌能帮助你成就梦想吗？

取得成就的人有一个很重要的秘密，那就是他们会按事情的重要程度编排行事的优先顺序。

金珠吃过优先顺序冰激凌后，知道了成就梦想的秘密。

请做一个仅仅属于你自己的优先顺序冰激凌吧！

为了成就，努力吧

虽然这是件微不足道的事，但金珠很高兴自己
能够按照昨天拟订的计划去完成了。

第二天，金珠与以往不同，很早就睁开了眼睛。是
因为昨天晚上没有看漫画书看到很晚的原因吗？更
稀奇的是，金珠每次看到墙上贴着的优先顺序冰激凌
时，都会想到那些更重要的事。金珠见书桌上摆着昨
天晚上就整理好的书包，想到里面放着今天上课需要
的东西，心里不由得感到自豪。

"好奇怪的感觉，我居然提前收拾好了书包。啊！
今天的书包怎么看起来这么漂亮！呵呵。"

 学习也可以很快乐

金珠高兴地自顾自地边说边笑，接着又伸了个懒腰轻轻松松地坐了起来。金珠起床后，开始整理被子。

过了好一会儿，妈妈才来叫金珠起床："金珠，该起床了。"

走进金珠房间的妈妈，看到已经早早起床正在整理被子的金珠吃惊得张开嘴巴直愣愣地站在门口。

"金珠！今天太阳从西边出来啦？"

"请你从今天开始忘记从前的我，记住崭新的我。我江金珠将会成为我们江家的骄傲！我现在要整理被子，请你让开。谢谢。"

看到金珠夸张的样子，妈妈哑口无言，没有一丝感动到的样子。对金珠这次的行动，看来妈妈也不会那么容易就相信的。

妈妈用怀疑的语气说："好吧！看你能坚持到什么时候吧。"

"唉，我就是个妈妈不信任的女儿，那怎么办呢？

好了，信不过我的话，还是看我以后的表现吧。不过，万一……"

"万一？"

金珠得意扬扬地说："万一我能天天如此的话，请你答应我一个愿望。"

"你的愿望是什么？"

"现在可不能说。为了保证妈妈大人检查工作的公正性，以后再告诉你吧。"

金珠不能轻易告诉妈妈自己的愿望是去星座阵营。因为如果现在把这个愿望告诉妈妈的话，妈妈一定会把金珠所有的行动看成为了达到那个目的而做的一时计划。

"哈哈哈！检查工作的公正性？那么，妈妈从现在开始变成警察了？金珠，你的话是真是假啊？"妈妈像玩警察游戏的孩子一样兴奋起来。

"嗯。妈妈，记得一定要答应我的愿望哦。"

"好。那走着瞧吧！"

妈妈像女警察一样，用锐利的眼神扫了一下屋子。

"这个书包是你提前准备好的？"妈妈看到金珠

 学习也可以很快乐

的书包后,又吃了一惊。

"那当然啦,那不是最基本的嘛!"金珠理直气壮地走过来,摸着书包跟妈妈炫耀着。

"挺厉害啊。今天你是努力了,但我还是怀疑明天你会怎么样。不管怎样,我会继续观察你以后的表现的。"以前妈妈经常看到金珠只说大话不去做,所以这次妈妈仍然摇着头走出了房间。

当然金珠也知道,一两天的改变是不会得到妈妈的信任的。也许需要三天或四天,不,一定会需要更长的时间。

"做不到怎么办呢?又成为只说不做的人?不!为了要去星座阵营,为了将来成为宇航员,我一定要坚持!"金珠看着贴在墙上的优先顺序冰激凌图,紧紧地握住双拳。

晚上7点,响起了英语培优课结束的铃声,孩子们一个个开始收拾书包。这时英语培优学校的校长走进了教室。在这个世界上,金珠最怕妈妈,第二怕的就是校长。这位校长有时比妈妈还要凶。她虽然经常会面带微笑表示热烈欢迎孩子们的到来,但一生气就会变得很恐怖,所以校长的外号是"morning(魔女)"。

"同学们请稍等一下。今天为大家准备了本月全勤奖,请念到名字的同学走到前面来。"校长一说话,大家马上停止了喧闹。

同学们重新坐到自己的位置上,安静地等着。

"朴根宏!"

"李诚实。"

"江金珠。请走到前面来。"

校长一边按顺序把手上的购书券分给获奖的孩子们,一边说:"做得很好。下个月也要努力,知道了吗?"

"……嗯。"金珠好不容易才用不情愿的语气回答。

金珠本来想说:"因为下个月有星座阵营活动,所以我可能要缺席一天。"

(万一我说了这件事,说不定从明天开始我会不断地被校长攻击呢!更恐怖的是,如果校长和妈妈联合在一起,那参加星座阵营活动的事肯定会变成泡影

的。)

金珠怕校长再和她说什么，赶紧溜出了教室。希恩也连忙跟上金珠走了出来。

"金珠，你真有耐力，怎么能一次都不缺课呢？"走在金珠旁边的希恩问。

"是因为妈妈呗！但我很担心下个月。"

"为什么？"

"我真的很想去星座阵营。要想成为宇航员就一定要去天文台看看的。"

"你知道要成为宇航员有多难吗？上周电视上的一则节目里说，当宇航员要在真空舱里吃难吃的太空食品。为了适应离开大气层时的重力加速度，宇航员还要做飞速旋转的训练。你不是连公园里的海盗飞船都坐不了的吗？听说做那种训练和坐海盗飞船时的感觉差不多。你连这个都害怕，还怎么坐宇宙飞船哪？"

希恩的记性真不错，关于宇航员的训练内容记得清清楚楚，连几年前金珠坐不了海盗飞船的事儿也都记得。

  学习也可以很快乐

"什么话啊？我现在不害怕坐海盗飞船了。再说等我当宇航员的时候会有更好吃的太空食品的。"金珠虽然嘴里这样说，但心里却开始担心起来。

"坐宇宙飞船的感觉和坐海盗飞船的感觉一样！"

金珠被希恩说的海盗飞船的事给吓住了。其实到现在金珠仍旧很讨厌坐海盗飞船，以后也许永远都会讨厌坐。唉，这个消息对金珠来说简直就是晴天霹雳。

"那下次去公园玩的时候一起坐海盗飞船吧！一定哦！"

希恩是真不知道还是假不知道金珠的心思，又提起了海盗飞船。

"真不知道这次你能坚持多长时间。你不是每次只能坚持一周吗？对了！想起来了，你在家的时候试试做这个，就是坐在转椅上做旋转的练习，听说这和坐宇宙飞船时失重的感觉是一样的。这个也属于宇宙飞行体验。"

金珠听到希恩说的失重感觉，心再一次沉了下去。希恩虽然平时被大家认为有着非常丰富的知识，但有些时候知道得太多也挺叫人讨厌的。

"听起来还挺有意思的嘛。谢谢你告诉我。"金珠怕希恩又提起一起上公园的事，行人信号灯一变成绿灯就快速走了过去，"我先走啦。你路上小心！希恩！"

希恩冲着金珠大叫："你怎么了？一起走啊！"

"对不起！我有事。明天见吧！"说完，金珠用尽全力跑回了家。

"妈妈！妈妈！"一进玄关，金珠便把鞋踢掉，跑到了妈妈面前。

"怎么那么着急啊？"正在叠衣服的妈妈停住手中的活儿，看着金珠。

"请看这个，这个月培优班的全勤奖——购书券。"金珠手中拿着信封在妈妈的面前炫耀。

"哦？是吗？我看看。"

妈妈马上撕开了信封。购书券上写有"祝贺你全勤"的文字，还有"morning(魔女)"校长的签名。

妈妈欣慰地点点头，因为这一张购书券代表着上培优班的钱没有浪费一分一毫。

  学习也可以很快乐

金珠突然想到把这个购书券送给妈妈："妈妈，用这个买几本想看的书吧！这是我送给你的礼物。"

妈妈把购书券放回信封里说："真的？算了吧，是你得的奖，还是你自己留着用吧！"

"我没关系的。我那里还有很多购书券呢！这次还是妈妈你用吧！"金珠微笑着回到了自己的房间。

"是吗？那谢谢啦。你可得说话算话的。呵呵！谢谢金珠啦。"

金珠想，看来购书券果真会让妈妈高兴。

回到房间，金珠放下书包就立马收拾了明天上课需要的东西。然后，金珠坐在书桌前，拿出笔盒中的铅笔开始削。做这些整理的事令金珠的心慢慢地安定了下来。虽然这是件微不足道的事，但金珠很高兴自己能够按照昨天拟订的计划去完成了。

"出来吃晚饭。"妈妈打开房门对金珠说。

"嗯，知道了。"金珠猛地从椅子上站起来，不想没站稳，又一屁股坐了下去，随着椅子转了一圈。

"失重的感觉原来是这样啊！再试一下？"金珠想到了希恩说的话。转椅虽然不是海盗飞船，但也可以试着练一练。金珠坐在椅子上开始转了起来。

"哇，也不是什么难的事情嘛。"

"这次快一点！火箭发射！"金珠用力旋转着椅子。

"哇啊！"身边的物体飞快地闪了过去，真像坐了火箭似的。

"啊，好晕，好晕哪……"

金珠突然感觉很恶心，正想要站起来的刹那，妹妹银珠走进房间问："姐姐干什么呢？妈妈不是让我们吃饭了吗？"

这时金珠失去了重心，一下倒在了床上。

"哎呀！姐姐！怎么了？怎么了？"

"没事的，坐宇宙飞船坐得有点头晕而已。"

金珠闭上眼睛呵呵地笑了起来。

银珠走到金珠身边，哀求地说："宇宙飞船？真的？在哪儿啊？我也想坐！姐姐也让我坐坐吧！啊，啊——"

"真是的。不是真的。你坐有危险的，不行！"金珠斩钉截铁地说。

银珠一副要哭的样子，说："假的宇宙飞船我也要

学习也可以很快乐

坐。我也要！我也要！"

"不是怕你受伤嘛！等你
上学以后就让你坐，到那时你
可以坐很多次，坐够为止。"金
珠再次劝说妹妹。

但是银珠没有一丝要退
让的样子。她开始躺在地上
又哭又闹，嘴上还一直念叨：
"我要坐假的宇宙飞船！我要
坐假的宇宙飞船！"

"知道啦！别闹了！别闹了！嘿！真不听话！"

没有办法，金珠只能扶起妹妹，让她坐在椅子上，再三叮嘱道："别再闹了。听好了，你还小，所以只能坐一会儿。知道了吗？小心哟！"

　　银珠擦着眼泪，说："知道了，姐姐。我不闹了，我就坐一会儿。"

　　"好！那现在出发！"金珠深深地吸了口气，然后开始慢慢地转起了椅子。椅子每转一圈，妹妹银珠就会兴奋地欢呼一声。

　　"呀！真好玩！姐姐！再快一点！"

　　"好咧！"

　　在妹妹的不断要求下，金珠不知不觉越转越快。

　　"啊呀！"银珠一声尖叫，同时传来有东西被折断的声音。

　　"妈呀！"只见银珠坐在椅子上晃过来又荡过去。

　　"哐当！"银珠被甩到了地上。

　　"银珠！"金珠慌忙扶起妹妹。

　　"什么事？"这时妈妈走进了金珠的房间。

　　已经坏掉了的"宇宙飞船"慢慢悠悠地转了半圈后停住了。金珠的心还在扑通扑通地一直跳个

  学习也可以很快乐

不停。

　　"你是说假的宇宙飞船？"看起来妈妈还是很生气。

　　"我说过不可以了的，但妹妹一直闹着要坐。"金珠斜眼看了一下妹妹，有种被冤枉的感觉。

　　"差点出大事了！什么假的宇宙飞船？我还以为你这几天懂事了，真是的！"

　　此时此刻，金珠突然想对妈妈讲点理论，为自己的行为做点科学说明。这可以表明自己的确是"懂事了"，妈妈应该会理解自己的。

　　"据说坐在转椅上旋转可以体验到宇宙飞行的感觉。因为这样我才想试试看的，没有玩的意思。"

　　"什么？宇宙飞行？"妈妈停顿了一下。

　　"不管怎样，这对银珠来说是个危险的游戏。虽然妈妈知道你的梦想是当宇航员，但你觉得这个梦想现实吗？妈妈只希望金珠你能好好上英语培优班。准备好英语这一门语言也是可以成功的。等你以后长大了，就会知道妈妈的话是正确的。"妈妈的英语赞美论又开始了，"妈妈的梦想是金珠你能好好学习英语,将来能够在海外研修后考上外国的名牌大学。"

"妈妈,我会努力学好英语的,但是我的梦想不只需要提高英语水平。"金珠细声细语地嘟囔着。

"什么?"

"我进去准备明天上课需要的东西了。"金珠浑身没劲,走进了房间。

妈妈说的话令金珠很不高兴。因为以前她说要当宇航员的时候,妈妈也说过类似的话。

妈妈说不现实的梦想是没有意义的。她觉得只有英语才是金珠未来最需要的。看来英语培优班的校长为妈妈的信念加了不少"作料"。

在房间里,金珠一直望着电脑屏幕。她的心就像关掉了的电脑屏幕一样,又黑又凄凉。金珠一抬头,正好看到了优先顺序冰激凌图,顿时,她像是听到了一个声音对她说:"现在的优先顺序是见斯比卡。"

😛宇宙少女:斯比卡,秘密作战计划有可能以失败告终。%>_<%

  学习也可以很快乐

😎 斯 比 卡：什么?！发生什么事情了吗?

😵 宇宙少女：和妈妈说了要成为宇航员的事情，但妈妈不是很高兴似的。

😎 斯 比 卡：妈妈对你的期望是什么呢?

😵 宇宙少女：妈妈说只要我好好准备英语，以后到哪里都可以成为受欢迎的人。

😎 斯 比 卡：如果星座阵营是星座英语阵营就好了。

😵 宇宙少女：也是啊。以前我经常只说不做，弄得让妈妈再也不信我的话了。她也不把我的梦想当回事。好伤心哟。

😎 斯 比 卡：取得成就需要持久的毅力和努力。我们来想想夜晚的星星，好不好？我们看到的美丽的星星要经过数亿年光阴才能形成呢。那些灿烂炫目的光环后面有着别人看不到的泪水、汗水，还有时间。只要妈妈看到了宇宙少女你一直在努力，那么，总有一天妈妈会相信你的。

😜 宇宙少女：我只有在看漫画书的时候有毅力……
　　　　　 蛮奇怪的。
😎 斯 比 卡：庆幸的是你还不是完全没有毅力的
　　　　　 人。
😜 宇宙少女：^_^好吧。反正爸爸也说了会帮我，我
　　　　　 会努力的。加油！
😎 斯 比 卡：^_^我也要说，加油！
😜 宇宙少女：^_^

　　假宇宙飞船事件发生后的第二天晚上。

　　"好奇怪啊！不是说离家不远吗？怎么过三十分
钟了还不回来啊？"妈妈看着表自言自语地说。妈妈
正要拿起手机按号码打电话的时候，传来了开玄关门
的声音。

　　"爸爸回来了。孩子们！"

　　听到爸爸的声音后，金珠和银珠都跑了出来。

　　妈妈观察着爸爸的表情，问："老公，有什么事情
吗？你不是说就在附近吗？"

　　"摘星星花了点时间。哈哈！"

"摘星星？"听到爸爸奇怪的回答,妈妈瞪大眼睛问。

　　"是的！这是金珠的星星,还有……这是银珠的星星。"爸爸从口袋里拿出不知道在哪儿买的星星项链放在金珠和银珠的手上。那是能发出绿光的透明的星星项链。

　　"哇！好漂亮啊。"妹妹银珠小心地捧着爸爸给的星星项链,生怕把它摔坏了。

　　"完了！这怎么办！把妈妈的星星给忘了！"爸

爸把另一个口袋翻出来说。

今天的爸爸看起来尤其反常。

"完了。出事了！老婆，我现在马上去把你的星星摘回来。"爸爸转身，要走出玄关门。

"算了吧，快进来吧，怎么像小孩子似的呢？"妈妈抓住爸爸的西服边，把他拽了进来。

"啊！对了！老婆，你的星星可以在金珠学校的星座阵营去摘啊！呵呵呵。"

一瞬间，聪明的妈妈看出来爸爸的心思。金珠也

看出来了。

妈妈瞅瞅爸爸，又瞅瞅金珠，说："星座阵营？就是为了这个，对吧？真是的！你们父女串通好了，是吧！"

"不喜欢？那现在就去摘星星得了。可能还需要两三个小时呢！因为妈妈的星星在好远好远的地方。不让我去，我浑身都难受，因为我太爱你了，老婆！谁都拦不了我！"爸爸最后一句决定性的台词让妈妈哈哈大笑起来。

"哈哈！"金珠也忍不住跟着笑了起来。

金珠一笑，妹妹银珠也跟着说了一句："老婆！我爱你！"

银珠的这句话让妈妈笑得更开心了。

"知道啦！我输了。生怕别人不知道你们是父女似的。在星座阵营中一定要帮我摘到妈妈星星，知道了吗？"

"那是当然啦。"爸爸对金珠眨巴着眼睛，用手做出了代表胜利的"V"。

"哇！爸爸，妈妈，真是太感谢你们了！"

金珠简直不敢相信妈妈同意了，更没有想到爸爸的秘密计划会有这样好的效果。

　　"金珠，我相信你。希望你不是闪烁几天的星星，而是一直闪闪发光的星星。知道了吗？"妈妈拍着金珠的肩膀慈祥地嘱咐道。

　　"嗯。我会成为一直闪闪发光的星星的。"金珠的眼睛像星星一样闪闪发光。

　　睡觉前，金珠在与斯比卡的留言框里写下了这样一段话：

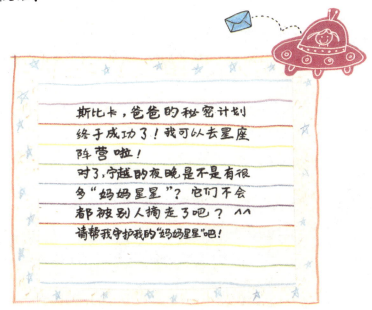

斯比卡，爸爸的秘密计划终于成功了！我可以去星座阵营啦！

对了，宁越的夜晚是不是有很多"妈妈星星"？它们不会都被别人摘走了吧？∧∧

请帮我守护我的"妈妈星"吧！

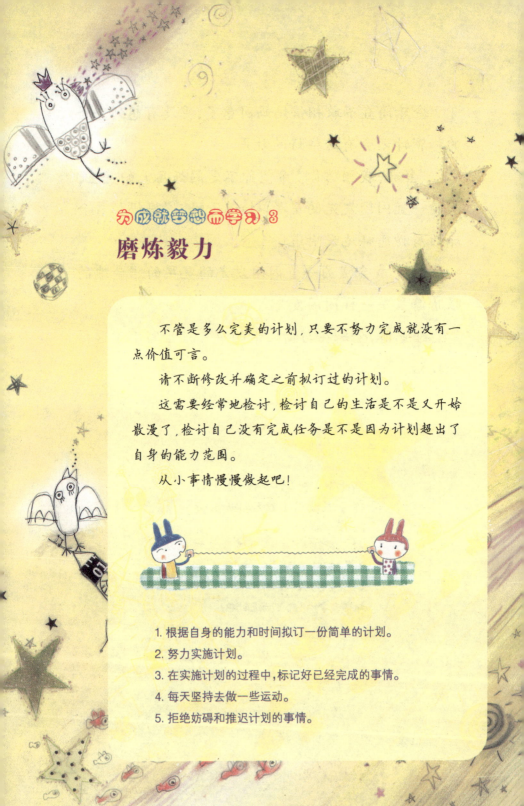

为成就梦想而学习 3

磨炼毅力

不管是多么完美的计划，只要不努力完成就没有一点价值可言。

请不断修改并确定之前拟订过的计划。

这需要经常地检讨，检讨自己的生活是不是又开始散漫了，检讨自己没有完成任务是不是因为计划超出了自身的能力范围。

从小事情慢慢做起吧！

1. 根据自身的能力和时间拟订一份简单的计划。
2. 努力实施计划。
3. 在实施计划的过程中，标记好已经完成的事情。
4. 每天坚持去做一些运动。
5. 拒绝妨碍和推迟计划的事情。

飞不了的几维鸟

如果我们一直舒舒服服地生活而不做任何努力的话，
也会变成飞不了的几维鸟的。

　　走进教室的时候，金珠吓了一跳。还有比金珠来得更早的同学，那就是鲁彬。

　　"早上好！"鲁彬看到金珠高兴地打招呼。

　　"早上好。还以为谁都没有来呢，你在啊！"金珠的脸颊悄悄地红了起来。

　　"你也有来早的时候啊！有什么事吗？"鲁彬担心地看着金珠问。

　　"呵，你以为我是迟到大王吗？"金珠感到有点伤自尊心，就什么话也没说，把书包放到了自己的位置上。

"你吃这个吗？喜欢三明治吗？"鲁彬把三明治递给金珠。

三明治里夹着绿绿的包菜、奶酪，还有香肠和鸡蛋。虽然早上已经简单吃过了，但在看到三明治的瞬间，金珠又饿了。

"谢谢！看起来好好吃啊！"金珠很快就忘记了刚才的事，开始美美地吃起三明治来，"你怎么来得这么早啊？"

"通常我一周有两次是和爸爸一起做完运动后来上学，其他不运动的时候，我就像今天这样在教室里看书。看书没有比早上更好的时间了，学校的课结束后不是都很忙吗？"

"啊？早上读书？我觉得你和别的同学很不一样。"

"是吗？可能是因为我不想成为几维鸟。"

"几维鸟？"金珠第一次听到这种鸟。

"住在新西兰的时候，爸爸经常会给我讲几维鸟的故事。爸爸说几维鸟因为总是'几维，几维'地叫，所以取名为几维鸟。几维鸟是一种飞不了的鸟。"

"飞不了？"

"嗯。因为没有天敌，它们的翅膀和尾巴都退化了。大地上有着丰富的食物，它们不用费力地飞到天空寻找食物，结果，它们的翅膀和尾巴变成了没用的装饰。更不幸的是，因为飞不了，所以它们很容易被其他动物抓到，现在已经处于被灭绝的边缘。"

"原来是这样。但是那个几维鸟和你有什么关系呢？"

"就像大地上丰富的食物弄得几维鸟不用费力地飞着寻找食物，最后不会飞了一样，如果我们一直舒舒服服地生活而不做任何努力的话，也会变成飞不了的几维鸟的。"

听了鲁彬的话，金珠感觉像被打了一拳似的。

"听过这个故事后，我就下定决心，不管我生活在多么舒适的环境中，也要每天做飞翔的训练。不是有这样一句话吗？要居安思危。"

这时，走廊里传来了同学三三两两走近教室的声音。

"真是早起的鸟有食吃啊！今天早起收获真是不

少啊！几维鸟的故事真的很有意思。"

　　金珠在班上同学进来之前，朝鲁彬微微一笑，坐回了自己的位置。

　　金珠的心像飘在天空一样。能单独和鲁彬聊天说话，简直是历史性事件嘛！除此之外，鲁彬讲的关于几维鸟的故事深深地打动了金珠的心。

　　"一直以来，我不就是过着和几维鸟一样的生活吗？舒舒服服的，不想付出任何努力，从来也没想过要为梦想做准备。要是一直这样生活下去的话，我可能也像几维鸟一样永远飞不了了。太恐怖了。"

　　金珠突然很绝望，耳边仿佛听到从远处传来了"几维，几维"的鸟叫声。

　　"注意！请同学们听好了！梦幻宇宙学校的活动

明天就开始了。之前已经说好,今天是我们班开班会的时间。请同学们把自己的想法写在黑板上,我们将会选择得到最多赞成票的想法。那么,谁先——"

没等班主任说完,同学们就已经接二连三地举起了手。

惠美第一个说:"我想的是开一场宇宙时代的时装发布会。我们可以准备些宇宙工作服、宇宙休闲服和宇宙睡衣,如果再准备些为孩子们设计的宇宙服,那么时装发布会会更有意思的。"

"我的想法是制作一个国际宇宙停车场的模型向全校同学展示。我们可以利用方糖和纸制作。以前我和爸爸一起用方糖和纸制作过我们住的房子的模型,制作过程真的很有意思。同学们可以两人一组来设计完成国际宇宙停车场周围需要的火箭制作基地、宇宙飞行管制中心、宾馆和医院等建筑,这个作品会很气派的。"鲁彬认真看着笔记本说。

"所有同学扮成外星人的样子,跳一段舞是最好的了。"

听到班级里跳舞跳得最好的民恒提议的主题,全班同学都哈哈大笑起来。

不一会儿，黑板上面已经写满了同学们各种稀奇古怪的意见。

"同学们有意思的想法比我原来想的要多很多。我真的是大为吃惊啊！那么，现在开始表决吧！"

金珠把惠美和鲁彬的主题比较了一下，最后选择了鲁彬的主题。大多数同学不是选了鲁彬的主题，就是选了惠美的主题。投来投去，最终是鲁彬的提案胜出了。

"大家的提案都是很不错的。但通过投票，国际宇宙停车场被选为我们班的主题。我也对利用方糖制作模型这一点非常感兴趣。至于怎样制作，就请鲁彬同学来教大家吧！不管怎样，这个活动能否顺利完成还要看大家是否有合作精神。当然，比起自己完成作品，合作完成一件作品会有很多不方便的地方，比如一起合作的过程中会出现很多矛盾，但如果大家能互相体谅和互相理解，还能互相利用对方的优点，那么我想这将会是一个很有意义的过程。"

接着，班主任开始分组。金珠和希恩分在一组，负责制作国际宇宙停车场旁的宇宙人宾馆。

"同学们先自己研究一下，再和自己小组的同学商量。"

班主任开始在黑板上写需要准备的物品。

"哇，是和希恩一组！她的手工可是一流的！"金珠心里很高兴能与做手工很棒的希恩分在一组。

金珠马上给希恩写了一张纸条递过去。

希恩：

下课后等我一下，好吗？
我有话对你说。

－金珠－

希恩看到纸条后，向金珠点了点头。

下课了。

希恩和金珠坐在运动场旁边的椅子上聊起了天。

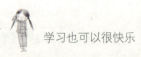

学习也可以很快乐

金珠不好意思地说："希恩，说实话，制作东西这方面，我没有信心做得像你一样好。你不也知道嘛！"

"什么话啊?! 我也没有用方糖制作过什么东西啊！"希恩表情严肃地说。

"那也是。但以前你什么手工都做得很好。我怕我在你旁边添乱，帮的都是倒忙。"

"你到底想说什么？"

"我会把需要的方糖全部买来的。宾馆模型你就想怎么做就怎么做，怎么样？ 你自己做不是会更方便吗？"

"金珠，这是两人一起合作的活动。不管你多么不想做，这个模型也要你和我一起来完成。懂吗？"希恩果断地回答。

"你好好想想吧！ 和我一起做不是会有很多不方便吗？ 真是的！"金珠开始生气了。

"金珠，我连想都没有想到你会说这样的话。"

"是吗？ 我还以为你会很高兴呢！"

"好好想一想老师说的话吧！ 你现在不是把责任都推到了我的身上吗？"说完希恩拎起书包站了起来。

"你怎么这么说我啊？"听到希恩的话金珠更生气了。

　　当然希恩的话没有错，但金珠生气的是希恩把自己想得太坏了。

　　"如果我做得好就不会说这样的话了。算了，知道了，就这样吧。"说完，金珠背起书包走出了运

动场。

吃完晚饭后，金珠躺在沙发上，越想越讨厌不接受自己意见的希恩，心情很不爽。

"哼，我说了我什么都不做吗？买需要的全部方糖怎么会是推卸责任呢？"金珠撅起嘴自言自语着。

"你自己嘀咕什么呢？"妈妈边削苹果边问金珠。

金珠走到妈妈身边，快速把一小块苹果放进嘴里，回答说："没有啊！"

"星座阵营那件事，去之前给宁越的爷爷打个电话怎么样？他会很高兴的。"妈妈突然想到了似的对金珠说。

"啊！对了。现在马上就打。"金珠兴奋地跑到了电话前。

"我也要！我也要打电话！"安静地吃着苹果的银珠也跑了过来。但是，拿起电话的瞬间，金珠突然停住了。

"你怎么了？"妈妈问。

"妈妈，我想到了个好主意，我们对

爷爷要保密哟。提前给爷爷打电话的话，爷爷不是会为了准备这样那样的东西花费很多心思嘛！"

"天啊，金珠，你怎么会有这么懂事的想法呢？金珠都长大了，变成大人了。你这么懂得关心别人，都可以结婚嫁人了。"

"我以后长大了也不会结婚的。我要一直就这么和爸爸妈妈一起生活。"

金珠一说，妹妹银珠也跟着说："我也不结婚了。"

"什么？两个女儿都不嫁人啦？等着看吧！哈哈哈……"

妈妈幸福的笑声使金珠的心情轻松了许多。与希恩吵架后心里涌出来的刺开始一点点掉了下来。

回到房间的金珠默默地望着墙上的优先顺序冰激凌图，心想："和斯比卡聊聊天吧！"

金珠打开电脑，不一会儿屏幕上出现了小不点儿天文台的主页。

😊斯 比 卡：今天在学校怎么样啊？

😈宇宙少女：我们班决定利用方糖制作国际宇宙停

  学习也可以很快乐

车场。我请求和我一组的同学帮我做，但被她拒绝了。

😎 斯　比　卡：利用方糖制作国际宇宙停车场？好厉害啊！

😛 宇宙少女：那是鲁彬的主意。他是上次我提到过的少年解说员。鲁彬给我讲了一则很有意思的故事。他说新西兰有一种鸟，叫几维鸟，因为没有天敌，加上陆地上食物丰富，所以它们每天在地上舒服地走来走去，最后弄得翅膀没用了，再也飞不了了。

😎 斯　比　卡：几维鸟的故事我听过，这是个非常有意义的故事。

😵 宇宙少女：嗯。鲁彬说人也可能会变成几维鸟。

😎 斯　比　卡：是的。几维鸟的故事对宇宙少女来说很有意义。

😵 宇宙少女：我？

😎 斯　比　卡：合作这件事，自己有没有才能不是最重要的。最重要的是，在与别人合作

学习也可以很快乐

的过程中能学到很多东西。

😛 宇宙少女：……

😎 斯 比 卡：等宇宙少女长大了，或许真的成了宇航员，一定会有与别人一起为了共同目标而工作的时候。到了那时，宇宙少女如果还有"我做不好，所以不做"的想法，那么很有可能会变成几维鸟哟。

😛 宇宙少女：啊——几维鸟的故事居然会变成我的故事！

😎 斯 比 卡：积极的学习态度虽然现在看起来不是很重要，但对那些想成就梦想的人来说是必需的。

　　金珠很感谢提醒自己可能变成几维鸟的斯比卡。虽然刚开始讨厌过希恩，但现在她已经理解希恩的心了。

　　"差点没努力就放弃了。要成为宇航员，不管多么难的课题都要做出来。我可不想成为不能飞的几维鸟。"

金珠拿出一张白纸画起了自己想象中的几维鸟，还在几维鸟的翅膀上写上了"I can fly（我能飞）"这几个字。金珠的几维鸟就像飞到了辽远的高空似的。

第二天。

金珠拿着很多包方糖早早地来到了学校，然后在班里等着希恩。但班主任老师的小组会结束后，都快到制作国际宇宙停车场的时间了，希恩也没有来。

金珠突然担心希恩没来是不是因为昨天和自己吵了架。金珠悄悄地走到了老师的面前，说："老师。"

"嗯，金珠。有什么事情吗？"

"希恩是和我一组的，但是她还没有到。"

"啊？是啊，是老师忘记了。希恩今天身体不舒服，请假了。"

瞬间，金珠的脑子里一片空白。

"是吗？很严重吗？"

"说是感冒。应该没事吧！希恩不在，会有鲁彬帮助你的，好吗？"

　学习也可以很快乐

"鲁彬?"金珠吃惊得张开了嘴巴。

"要努力地做,知道了吗?"老师拍拍金珠的肩膀嘱咐道。

"嗯,知道了,老师。"

金珠从来都没有想过希恩会缺席,感觉心情沉重极了,她可以与希恩合作把作品完成好的那种信心变得越来越小了。金珠只能呆呆地望着方糖,就在这个时候,鲁彬走了过来,问:"金珠,今天希恩请假了?"

"嗯……"金珠的声音跟蚊子一样小。

"怎么那么没力气啊?"

"希恩不在我怎么做啊?我没有信心。"

"我会帮你的。老师让我代替希恩帮助你,放心吧!"

"嗯,我知道的。但是突然发生这种事情,心情不好。"金珠的心情怎么也好不起来。

"不是有后备的我吗?所以提起精神吧!"鲁彬开心地笑着说。

金珠感到鲁彬给人一种特别的感觉。鲁彬不管发生多么坏的事情都不会抱怨和失望,反而会有种理

直气壮去面对的力量。到底那种力量是什么呢？

有了鲁彬的帮助，金珠开始制作起国际宇宙停车场旁的宾馆，没想到，制作过程特别有意思。

就像斯比卡说的一样，制作才能的好坏一点都不重要，完成国际宇宙停车场的过程对金珠来说是一种全新的学习体验。

两个小时的制作结束后，老师把各组完成的建筑模型收集起来，一一摆放在了厚厚的木板子上，再把画满闪烁的星星的图画放进了黑黑的、用大纸盒做的"宇宙空间"里，最后在一个角落安了一个小小的灯泡。

"好。国际宇宙停车场的点灯仪式现在开始。同学们一起倒计时吧！"

班主任第一个数："五！"

接着，孩子们用满是期待的声音数着："四，三，二，一！"

老师用力按下开关，宇宙停车场周围亮起了灯光。

"哇啊！"啪啪啪，同学们一齐拍手鼓掌，欢呼着。

"喝茶时用的方糖，居然能做成这么壮观的国际宇宙停车场。虽然这是崭新的、有难度的挑战，但大家参与到最后，并且付出了努力，在座的每一位都很让我自豪。还有，鲁彬的经验给我们班带来了一个大大的成就，也给每个同学带来了小小的成就感，这些小小的成就感聚集起来，就会为你们带来自信。"

老师的称赞和激励使同学们心里充满力量。金珠突然懂得了从鲁彬身上体会到的那种力量就是自信。

"原来是这样，原来这种感觉是自信，它来自成就感。鲁彬一直在努力达成自己的目标，所以时时刻刻充满了自信。"

金珠把剩下的方糖小心翼翼地放进了书包里，像把它们当做纪念品似的。

回到家，金珠打算用剩下的方糖做饼干。饼干是为希恩做的。因为经常和妈妈一起烤饼干吃，所以做饼干对金珠来说是再简单不过的事情了。

金珠先把方糖放进蛋黄里，再把已经溶掉了的方糖与蛋黄、面粉、黄油、牛奶搅拌在一起，用模子塑形，最后放进烤箱里烤。从烤箱里拿出来的饼干冒着热气，香喷喷的。

金珠拿出小卡片写下了这样的话：

希恩：
　　昨天是我错了，对不起。
　　希望你早点康复。
　　这是为你做的方糖饼干，
希望你喜欢。
　　💜 你的朋友 金珠

　　睡觉之前，金珠又进入小不点儿天文台和斯比卡聊天。金珠想请斯比卡一起到星座阵营去玩。斯比卡好像已经知道了金珠的心似的，给她留了话，问星座阵营的时间安排。金珠赶忙关闭信息栏登录到了与好友对话框中。

😵 宇宙少女：看到留言了。

😎 斯 比 卡：是吗？如果时间不冲突的话，我也打
　　　　　　　算去那里。

😜宇宙少女：真的吗？哇！*^_^*到天文台的时间可能是下午 6 点 30 分左右。安排住处之后到活动开始之前可能有一段休息时间。我觉得 7 点应该差不多。

😎斯 比 卡：知道了。^_^但我也有可能会有事情。

😜宇宙少女：那就没办法了。

😎斯 比 卡：今天制作国际宇宙停车场的事情怎么样了？

😜宇宙少女：同组的同学缺席了，差点完成不了。幸亏有鲁彬帮忙。你说得对，刚开始只想着是又难又不想做的事，但完成之后，我却充满成就感和自信心。我一直觉得鲁彬身上有种特别的感觉，今天才知道那就是自信。

😎斯 比 卡：听到这句话我也很欣慰。^_^不管多么难的目标，只要你默默地去努力，在努力的过程中，你会慢慢地熟悉那些事情，那些事情也会变得越来越简单。上天赠送了一件最特别的礼物给执著于自己理想的人，那就是"自信心"。

宇宙少女：要想成为宇航员，我真得不断努力
了。现在开始就不能随随便便地浪费
时间了。

斯 比 卡：是啊，不要忘记了哦。还要不断地实
践，知道了吗?

宇宙少女：嗯，知道了。

学习也可以很快乐

寻找自信

　　有自信的人和没有自信的人对待事情态度不同,有自信的人做起事来更积极,也更专注。

　　学习的时候,如果自信的话,那么相同时间段完成的量就会多很多。

　　可以先从挑战简单的事情中寻找自信。虽然可能那是件很微不足道的事情,但只要自己能按照计划完成,那么你的信心就会提高。

1. 想象一下获得成功时的喜悦。

2. 想一想自己的优点。

3. 别害怕挑战,这样才可以增加经验。

4. 经常对自己说"我能行"。

5. 经常与别人合作,在合作中寻找自己的价值。

6. 阅读名人传记。

PART 3

宇宙少女，发射星星

　　获得过成就感的人心里充满了自信。

　　自信心会化成夜空中的星星，成为永远守护你的星星。就像一颗颗星星聚集成一个星座一样，你的未来也是从一个个小小的成就开始的。

　　请大家不要忘记，你发射的自信之星会一直守护着你，照亮你的梦想。

为了享受成就的任务旅行

不会享受成就的人是坚持不了多久的。

　　天空阴云密布,感觉马上要下雨了似的。金珠拿出一把伞,边想昨天晚上认真思考过的计划边走进了学校大门。到达教室的时候鲁彬正坐在自己的位置读着什么。鲁彬读书的样子怎么看都很帅。

　　金珠先对鲁彬打了声招呼:"鲁彬,早上好!"

　　"金珠,来了啊。这几天都好早啊。"

　　"嗯。我也要为了实现我的梦想从小事开始做起。"

　　"哦,是吗?你的梦想是什么?"

"我的梦想是做一名宇航员。我们国家不也开始准备像美国和俄罗斯一样进入航天时代了吗？如果出现很多像我这样优秀的宇航员，那么我们国家也会堂堂正正地成为航天大国的。"说着说着，不知怎么，金珠的声音开始颤抖起来。

"哇！好厉害啊！你的梦想居然是当宇航员！"鲁彬对金珠说的很感兴趣。

"所以啊，我有事想请你帮忙。首先，我要增强我的体力。如果你早上做运动，我可以跟着你一起做吗？"金珠把第一个计划一五一十地告诉了鲁彬。

鲁彬安静地听完后笑着回答说："真的？你早上也要运动？我当然是没问题的。"

"哇，太好了！但是我还有一个请求。"金珠把另一个计划也告诉了鲁彬，"体力重要，英语也很重要啊！你的英语是没说的，可我一想到要用英语说话，单词就在脑子里飞来飞去的，怎么也拼不出一句话来。怎样才可以学好英语呢？"

"每次被问到这个问题时，我都会觉得其实没有什么特别的方法。只要经常听，经常说，不断练习就可以了。"

"就这样！鲁彬！我想过了，我们做运动的时候用英语说话,怎么样啊？又不用另外找时间,是吧？"

这时,鲁彬没有一丝犹豫就回答说:"好。虽然不是简单的事情,但我们也试试看吧。还有,你真的有努力学习的信心吗？"

"你不相信我？走着瞧吧！只要下定了决心,就没有我做不到的事情。你想看看这个吗？"金珠一边说着大话,一边把一张卷好的纸打开。那是金珠做好的计划表。

"为了成为宇航员的十个计划。"

"嗯。我把想到的都记了下来。"

"但是这些你能全部做到吗？我觉得这太多了。"

"别担心。没有这种程度的努力怎么能通过宇航员的测试呢？"金珠自豪地卷起计划表将它放回书包。虽然鲁彬的指点让她有点不舒服,但金珠还是认为要想成为宇航员得做很多准备。金珠觉得计划绝对不算多。

回到家,金珠把计划表贴在了书桌前。

  学习也可以很快乐

　　金珠下决心要完成所有的计划。她想着自己十年后成为宇航员登上宇宙飞船的样子，兴奋不已，又呼叫了斯比卡。

　　宇宙少女：要想象整整十年，这时间也太长了。

斯 比 卡：想象什么啊？ ^_^

宇宙少女：想象我成为宇航员探查宇宙的情景。那时我就22岁了。

斯 比 卡：成就梦想没有想象力是不行的，但是比想象更有威力的是实践。

宇宙少女：嗯。所以我打算要完成十个计划。从明天早上开始我会和鲁彬一起运动，还有学习英语。*^_^*

斯 比 卡：宇宙少女真是下决心了。

宇宙少女：鲁彬说我的目标太多。难道成为宇航员是简单的事情吗？

宇宙少女正在给斯比卡传送文件。

正在发送文件……

文件发送成功！

学习也可以很快乐

😎 斯 比 卡：嗯，我已经看过文件了。我觉得宇宙
少女你有点贪心了。^_^ 而且，计划
里还缺了点什么。

😛 宇宙少女：缺什么？@_@

😎 斯 比 卡：现在不能告诉你。你以后会知道的。^_^

😛 宇宙少女：嗯？现在不能告诉我吗？^_^

😎 斯 比 卡：你猜猜看吧。什么时候知道答案就告
诉我吧。^_^

😛 宇宙少女：斯比卡好坏。^_^

😎 斯 比 卡：哈哈。^_^

第二天。

金珠被闹铃声吵醒了。这是约好与鲁彬一起运
动的第一天。金珠起床后马上做上学的准备。今天，
金珠上学的步伐特别轻快。和她预料的一样，鲁彬已
经在教室里等着了。

鲁彬看到金珠高兴地打招呼："Hi!（你好！）"

一时间，金珠不知道该说什么。看到金珠犹犹豫
豫的样子，鲁彬接着说："Good morning.（早上好。）"

"对，说好了只用英语对话。"金珠虽然又别扭又慌张，但是也没有办法，因为是自己提出要用英语对话的。

金珠好不容易想到了昨天晚上预习的句子："How are you?（过得好吗？）"

"Super! How are you?（很好！你呢？）"鲁彬竖起大拇指回答道。

"什么？是在说自己是超人吗？还是说去超市呢？到底是什么意思啊？"

鲁彬看金珠沉默了好一会儿，笑着说："Fine. Let's go!（好吧。走吧！）"

金珠和鲁彬走到了空空荡荡的运动场。阳光透过运动场边树和树之间的缝隙照在跑道上。

金珠和鲁彬跑第三圈的时候太阳已经升得很高了。鲁彬先跑完了第三圈，又重新跑回来，跟在已经跑不动的金珠旁边边跑边等着她。金珠好不容易才跑完了三圈，有气无力地对鲁彬说："Robin, I'm sorry.（鲁彬，对不起。）"

"It's okay.This is only your first day! But You did

学习也可以很快乐

great!(没关系。今天是第一天嘛！你做得很好！)"

是的。就像鲁彬说的一样，金珠接下来把第一天的计划全部完成了。她运动完后阅读了宇宙故事书，下课后去培优班之前把作业全部做完了。

从培优班回来后，金珠设计了部落格，还学习了俄罗斯语，然后记录了宇航员准备日记。计划全部完成时已经过了11点。金珠觉得眼皮很重，很困，身子也很疲乏，但心情却很好。因为金珠的今天可以说是100分。想着明天的目标，金珠很快就睡着了。

第二天，为了完成计划，金珠过得和第一天一样忙碌。但是放学后在家要开始写作业的时候，金珠突然感到很困。

"哎呀，怎么这么困啊？不行。现在睡觉就不能完成下个目标了。"

金珠拼命忍住困意，写起作业。作业基本写完后，金珠又去培优班上课。在培优班，金珠都是半闭着眼睛听老师讲课的。

"金珠，你今天好奇怪啊！哪里不舒服吗？"见到金珠的同学都问起同样的问题。

"没什么，就是有点困而已。"

金珠逃也似的跑回了家，然后就像马上要晕倒了一样躺在了床上。没过几秒钟，金珠快要睡着了，妈妈的声音隐约传了过来："怎么？不吃晚饭就睡觉啦？

干什么了的？啊？就这么睡觉啦？怎么也得吃一口再睡……"

这时，金珠已经进入了梦乡。

"金珠！起床！"

怎么不是吵闹的闹铃声，而是妈妈的声音？金珠有点奇怪，睁开眼睛。

"几点了，妈妈？"金珠眯着眼睛问。

"闹铃把全家都吵醒了，可你一点反应都没有。我还说这几天你一直早起上学呢！"

顿时，金珠的头感觉像被电着了一样。

"啊啊！迟到了！"

金珠慌忙跳下床，加快上学的准备。

"真是的！书包都没有整理！"

"慢慢准备。还有时间，不是吗？"妈妈叠着掉在地上的被子说。

"啊！真是的，鲁彬在等我！"金珠生气地回答妈妈说。

瞬间，妈妈的表情变得很僵硬，妈妈和金珠之间似乎吹起了冷风。

正叠着被子的妈妈生气地放下被子走出了房间。

"真奇怪，妈妈怎么生气了呢？怎么办？鲁彬应该等了很久吧！我怎么办啊？"

金珠皱起眉头哭丧着脸。想到妈妈生气了，金珠的心情更加沉重了。

"今天才是第三天，居然让鲁彬看到了我这种表现！"

金珠不知见到鲁彬后该说什么，一直叹着气。正要拿起书包走出玄关门时，妈妈叫住了金珠。

"你昨天晚上也没吃什么，喝了这个再走吧。"妈妈把刚煮好的杏仁粉递给金珠。

但是金珠用很小的声音回答妈妈："没时间喝了。我上学了。"

一走出玄关门，金珠就后悔了：这样做既饿，又很对不起妈妈。刚才喝一点点就好了……

一到教室，金珠就开始找鲁彬。坐在教室后面的鲁彬看到金珠，向她挥手打招呼。

"今天有什么事情吗？"说着，鲁彬走到前面来。

  学习也可以很快乐

"对不起，我起晚了。"

金珠的脸变得通红。虽然很丢人，但只能说实话。

"是吗？可能累着了。如果太累，减少点儿目标就可以了。"

"我不累。我能做到的。第一天我就完成了所有的计划。"

"是的，你是完成了。但是你看今天才是第三天，你就已经开始累了，不是吗？"

听到鲁彬的指点，金珠顿时就像是一堆火被泼了一大盆冷水似的，对不起鲁彬的心情也荡然无存。她再也忍不住了，开始冲鲁彬叫嚷起来："什么？我什么时候说我累了？我只是今天起晚了而已。"

"我的话让你伤心了。对不起！我只是希望你能保持精力，这样才能一直努力，达成目标。"见金珠反应这么激烈，鲁彬吓得不知该怎么办才好，虽然他马上道了歉，但是对已经很生气了的金珠来说还是晚了。

"我不能起晚一次就缩减目标。如果我让你等得生气了，那么从明天开始我会自己运动的。"金珠生气地说出了没头没脑的话。

这次鲁彬也生气了："好啊。你随便好了。"

鲁彬转过身回到了自己的座位。

金珠也像没什么事情一样回到了自己的座位。但她心底的某个地方开始涌出隐隐的不安。又想到就这样和鲁彬产生了距离，金珠变得心神不宁。但是，她没有勇气走到鲁彬面前跟他道歉。

下课后，金珠在走出教室之前看都没看鲁彬一眼。其实她很害怕面对鲁彬。走在学校的走廊上时，金珠很期待鲁彬先过来搭话，但是鲁彬没有出现。走出教学大楼后，她在四周转了又转，寻找鲁彬的身影。直到同学们都回家了，她仍旧徘徊在空荡荡的运动场上。

金珠见到斯比卡的时间大概是晚上 10 点多。和鲁彬吵架后，一整天都很不高兴的金珠在电脑前足足等了斯比卡一个多小时。正在她实在等不了了，正要关闭窗口的时候，斯比卡进来了。

学习也可以很快乐

😛宇宙少女：幸好，正要下线了的。

😎斯 比 卡：什么，等我了呀? >_< 找到问题的答案
　　　　　了吗? ^_^

😛宇宙少女：问题? 啊! 我都忘记了。^_^

😎斯 比 卡：连问题都忘记了。发生什么事情了吗?

😛宇宙少女：因为鲁彬。我今天起晚了，没有做成
　　　　　运动，所以他就让我缩减计划。你不
　　　　　也看到了我发给你的十个计划吗?

😎斯 比 卡：当然啦。^_^ 宇宙少女，如果你能成
　　　　　为宇航员，心情会怎样呢?

😛宇宙少女：当然是兴奋得不得了啦。*^_^*

😎斯 比 卡：但是，宇宙少女在按照计划生活的一
　　　　　段时间里幸福吗?

😛宇宙少女：不算幸福吧。虽然完成计划的时候心
　　　　　情是很轻松的……

😎斯 比 卡：你不觉得奇怪吗? 梦想让我们感到很
　　　　　幸福，但为什么为了成就梦想而做准
　　　　　备时我们会不高兴呢?

😛宇宙少女：是啊! 这我还真的不知道啊!

  学习也可以很快乐

😎 斯 比 卡：还记得我的问题吗？我问过宇宙少女
的计划里缺少什么东西。

😛 宇宙少女：嗯。我真的完全不知道是什么东西。^_^

😎 斯 比 卡：那就是快乐感。^_^

😛 宇宙少女：啊？@_@

😎 斯 比 卡：快乐感会为助梦想一臂之力的，它不
会让你感到疲惫。在实现梦想的过程
中放弃的人都是一些忘记快乐感、只
会一味地苦学和苦练的人。宇宙少女，
你的计划太多，都没有快乐感存在的
空间。我的话对吗？

😛 宇宙少女：啊！>_< 原来如此啊！

😎 斯 比 卡：想想怎么才能快乐地成就梦想吧！知
道了吗？

　　金珠再次拿出"为了成为宇航员的十个计划"。回
想起来，拟订目标的时候确实很高兴、很幸福，但昨天
一整天感觉像被时间追赶似的忙碌不堪。

　　"是的。我是有点贪心了。"

金珠得按照鲁彬的话缩减计划了，还要思考有哪些方法能让自己愉快地完成计划。

"鲁彬应该会知道吧！"

金珠打算明天早上早点起床去找鲁彬。金珠拿出一张新的纸，然后在纸上写下"为了成为宇航员的五个计划"几个字，接着，在最下面又写上："怎样才能愉快地完成计划呢？"

计划变成五个后，金珠心情也变得轻松了。

  学习也可以很快乐

"这次缩减掉的计划下次会有时间去完成的。"躺在床上的金珠闭起双眼想,"鲁彬真会为我着想。"

第二天清早。

金珠望着窗外叹着气:"怎么下雨了?怎么就今天下雨了呢?"

金珠撑开雨伞,全身无力地上学去。上学路上,雨下得越来越大。金珠的鞋被雨水全弄湿了。

"江金珠!"正在犯愁时,从远处传来了叫她的声音。

没想到是鲁彬!他正站在校门口的文具店前。

"是鲁彬啊!你在这里干什么?"金珠跑到鲁彬

面前,她这才看到鲁彬没有打伞。

"忘记带伞了。没想到会下这么大的雨。"

"猴子也有从树上掉下来的时候啊!"

"什么?"

"哈哈哈!开玩笑。"金珠把雨伞伸给鲁彬,"一起打吧!我还有话和你说。"

"谢谢,我还以为你会直接走掉呢。"

金珠和鲁彬一起打着伞走进了学校。

"鲁彬,昨天是我错了。我知道你的话是对的,是我太贪心了。"

"没关系。其实我也曾和你一样,拟订了很多计划想着全部都要完成,结果没有按时完成就算了,最终还把所有的计划都放弃了。"

"你也那样过?"金珠瞪大眼睛问。什么都可以完美完成的鲁彬也有和金珠一样的经历,这对金珠来说真是个天大的新闻。

"嗯。所以我会理解你的。好了,看看这个吧!"

"这是什么啊?"金珠打开了鲁彬递过来的纸,"宇航员选拔条件。"

"是的。你的梦想不是成为宇航员嘛！我在网上找的,可能会对你有帮助。"

"哇！鲁彬！你还想到了这个？真的太谢谢你了。"金珠开心地笑了。

"知道吗？宇航员连个虫牙都不能有。从现在开始你可不能再想着吃糖啰。"

"什么？真的吗？"金珠有点失望地问鲁彬。

"看看那个部分。那里不写着'因为脱离地球时存在重力加速度,宇航员不能有对气压变化敏感的伤口和龋齿'吗？哈哈哈。"

金珠睁大眼睛看着鲁彬指的地方。

"啊！是真的啊！"

"为了成就当宇航员的梦想,那点糖算得了什么呢？不是吗？"

"你说得对！鲁彬。"金珠笑着回答说,"我可以寻找别的喜悦代替吃糖时的喜悦嘛。"

金珠决定问问鲁彬昨天晚上想好的问题。

"鲁彬,为什么我想着自己的梦想的时候会很高兴,但我为了实现梦想而努力时却不那么高兴呢？你不觉得这很奇怪吗？"

"不会享受成就的人是坚持不了多久的。还有，如果你的梦想不是你真正想要的，那你越努力就会越疲惫。"鲁彬说。

"那怎样才可以享受努力的过程呢？"金珠真诚地请教鲁彬。

鲁彬只是低头看着地，好一会儿才向金珠微微一笑，说："嗯……你跟我一样用这个方法吧！"

"什么方法？"

"你喜欢游戏吗？"

"嗯。"

"把成就梦想当成是一场游戏好了。把一个个计划的目标想成是游戏任务，然后玩为了完成这些任务的游戏。"

"哇！真是个好玩的想法。"金珠很喜欢鲁彬的想法。

"然后每完成一项游戏任务，就为自己准备一份奖励。真的很好玩。像我就是。在完成阅读十本书任务的那天我得到了和爸爸一起看电影和吃晚饭的奖励。得到奖励后，我重新出发，又开始玩完成下个任务的游戏。"

"哇！鲁彬！好帅的想法呀。"金珠终于知道了鲁彬的秘诀。鲁彬向目标默默努力的力量不是有着什么特别魔力的灵丹妙药，而是充分享受达成一个个小目标的喜悦。

完成得好时给自己奖赏，这种方法会给有时无聊的梦想旅程添加快乐和喜悦，鲁彬的这个想法令金珠既震惊又钦佩。

"金珠你也可以成为快乐完成任务的帅气女战士。哈哈哈！"

"女战士？我喜欢。宇宙女战士！"

金珠晃着伞，做出与雨水作战的女战士的样子。奇怪的是，雨开始越下越小，好像已经知道了金珠是战无不胜的宇宙女战士似的。

睡觉之前，金珠把鲁彬给的宇航员选拔条件看了又看。

"啊！不能有虫牙！"

金珠站起来跑进了浴室，开始仔仔细细地刷牙，这可能是她第一次刷了三分钟以上。

　　金珠看着镜子，露出牙齿说："好，现在开始制作仅仅属于我的任务地图。"

　　金珠把任务地图全部做好后，还把适合自己的宇宙女战士服从游戏杂志中选出来，并剪了下来，然后再用好看的贴纸装饰了任务地图。哇！地图看起来很生动。

　　看着自己制作的地图，还有地图上自己那神勇威猛的样子，金珠不禁把自己想象成魂斗罗（编者注：魂斗罗是一部经典的任天堂游戏，魂斗罗的意思是"具有优秀战斗能力和素质的人"），为了完成任务而和怪物们拼死搏斗。这个游戏看起来比用鼠标操纵的电脑游戏更有意思，因为游戏主人公是金珠自己。

　　金珠开始一点点理解了为什么斯比卡说享受成就是重要的事了。因为辛苦取得成就的人不是爸爸，也不是妈妈，更不是同学，而是自己。有好的心情才会有挑战下个任务的力量和坚持到底的信心。

　　金珠要以宇宙女战士的身份开始完成任务了。有时说不定怪物会比她更厉害，但每完成一次任务，宇宙女战士都会变得更坚强、更有信心。

任务 2

★ 用英语和鲁彬对话,对话时间最少 5 分钟以上

· 完成任务时和鲁彬一起吃鸡串,失败时帮鲁彬拎包。

任务 3

★ 提高全课程总分 10 分

· 完成任务时和妈妈逛东大门,失败时整理房间。

★ 提高全课程总分 20 分

· 完成任务时出去吃庆祝餐,失败时照顾妹妹。

任务 4

★ 写阅读笔记

· 每读五本书并写了笔记,奖一张购书券。

寻找快乐

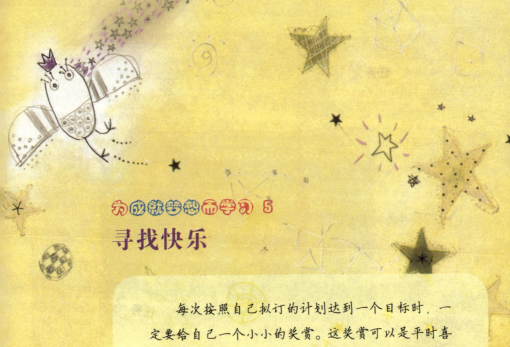

　　每次按照自己拟订的计划达到一个目标时，一定要给自己一个小小的奖赏。这奖赏可以是平时喜欢但不能经常做的事情。比如，看漫画书，看电影，听音乐，和朋友们玩，等等。

　　这些小小的奖赏会让你更快乐地向下一个目标努力。

1. 制作一份完成计划时的奖励表，奖励项目可以是看电影，听音乐，买好吃的，与同学玩，等等。
2. 准备个人才艺展示，如参加钢琴演奏会、画展、英语演讲会等。
3. 利用自己的才能做公益活动。
4. 把自己的成就用文字写下来或者用照相机照下来，然后保管好。

最励志校园小说

在星座阵营遇到斯比卡先生

懂得实践的重要性并且不断努力的人
才是真正有梦想的人。

今天终于要去星座阵营了。金珠很期待这次好
不容易才成行的家庭旅行。

"快点走吧！爸爸，妈妈，都快迟到了。"金珠站在
玄关门前催促着。

"咦，每天都慢腾腾的金珠今天怎么这么快啊？"
爸爸摆出一副很是惊讶的表情。

"她这几天都这样。金珠房间里贴着的冰激凌图
你看到了没？那个可是特效药啊！妈妈说得对吧？"

妈妈像是全都知道的口气。

"嗯。那可不是普通的冰激凌。"

这时妹妹银珠插进来说："也给我买那个冰激凌吧，姐姐。"

"啊呀，那可不是吃的冰激凌，是优先顺序冰激凌。"

"优先顺序冰激凌？"爸爸和妈妈异口同声地问。

"雨伞顺序冰激凌是什么啊？长得像雨伞吗？"银珠眨巴眨巴眼睛问金珠。

"不是雨伞顺序，而是优先顺序，好不好？优先顺序是把事情按照重要程度排列起来的像表格一样的东西。"

金珠有模有样的回答让爸爸妈妈再次惊叹不已。

"哇！看来金珠是喜欢上优先顺序冰激凌了！知道了，快点走吧。晚了金珠会骂的。"爸爸关起门带着家人往学校赶。

学校的运动场上已经来了很多家庭。鲁彬的爸爸妈妈也已经在运动场上了。点名之后，大家都坐上了大巴。

出发后，为了拉近家庭与家庭之间的距离，班主

　学习也可以很快乐

任利用无线麦克风介绍了各个同学的家庭。听了老师的介绍，金珠发现了一个共同点，那就是每个家庭都为参加星座阵营的活动做了一些特别的努力。

有的爸爸为了争取两天假期，几天几夜都在值夜班，还有的家庭为了变更之前的约会而重新辛苦地调整了日程表。金珠的爸爸和妈妈也是一样的。爸爸好不容易才能晚几天出差，妈妈也为了假期提前完成了业务。鲁彬的爸爸之前和鲁彬的妈妈吵过嘴，但现在因为要参加星座阵营很快就和好了。听到这段话，坐在车里的人都开怀大笑起来。

"不管怎样，他们特别的努力和牺牲都是为了家人。"金珠边四处观察坐在车上的别的家庭的人边想。

"看起来都好开心哦。就像尝到了优先顺序冰激凌一样。"

金珠体会到，有时为了按优先顺序行事是要做特别的努力的。

开了三个多小时的车，终于上宁越的凤莱山了。班主任的介绍也开始了："现在大家到达位于凤莱山海拔 800 米高的星马路天文台。请整理好自己的物品按顺序下车。"

金珠紧握住妹妹银珠的手下了车。下车后，大家一眼就看到星马路天文台的圆房顶闪烁着灿烂的银光。

"哇！好壮观啊！"

"真的好酷！"

孩子们和家长都用激动地感叹着。

"房间安排结束后，7 点 30 分在天体投影室开始第一个活动。请大家在大厅集合。"

老师把大家领到了天文台室内。

金珠开始期待斯比卡的出现。

离集合的时间还有十分钟时，金珠看着表说："爸爸，再等一会儿吧！会有人来找我的！"

"在这里？是谁啊？"

"是斯比卡。"

“什么？斯比卡？做什么的人啊？”

“……”金珠突然没话说了。想想看，自己只知道斯比卡住在宁越，除此之外什么都不知道。

“我也不知道。”

“什么话?! 为什么要见不认识的人？现在的世界多可怕啊！”爸爸果断地说。

“他是个很善良的人，是真的。妈妈不也看过吗？那个优先顺序冰激凌。”金珠看着妈妈请求帮助。

“啊，是和冰激凌有关的人吗？”妈妈的语气像是很兴奋似的。

“嗯，妈妈。今天他会来找我的。”

“那也不行。那个人信得过吗？出事了怎么办？绝对不行。”爸爸没有一丝退让的意思。

“那老公你就和金珠一起等吧。”妈妈偷偷掐了一下爸爸说。

“爸爸，一起等吧！”

“那好吧。”

爸爸瞪大了眼睛，像要和谁吵架似的，大步大步地走向了入口。

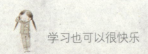

学习也可以很快乐

金珠和爸爸在入口处走来走去，等待斯比卡出现。不一会儿，已经到 7 点了，从远处传来了呼叫金珠的声音。

　　"金珠！该进天体投影室了。快来！"妈妈站在天体投影室前向她挥手。

　　"金珠，进去吧。现在还没有来，我的估计是正确的，他肯定是个怪人。"爸爸拽起金珠的手就走。

　　"但是……知道了，爸爸。"金珠无精打采地跟着爸爸走了进去。

　　天体投影室是个圆形的房子，房子正中间是投影机，四周摆满了靠背椅，又高又圆的天花板像是寂静的夜空。

　　喇叭中传来了天体投影室解说员的声音。

　　"这里是天体投影室。这里的

投影机会在 8.3 米宽的屏幕上投影出星星，给大家带来置身于夜空的感觉。请坐在椅子上向后躺，尽量让自己舒服一点。这样夜空将尽入你的眼帘。好了，那我们现在就开始星星世界的旅行。"

在解说员甜美的播报声中，屋顶变成了闪烁着无数星星的夜空。

"哇！"大家不禁惊叹。

"是不是像流星雨呢？在城里是看不到这样的夜空的。在寒冷的冬天，乡村的夜空中会有很多的星星，这些星星看起来一闪一闪的，大家知道这是为什么吗？这是因为星星发出的光在穿越大气层时碰到厚薄不同的大气后发生了折射，一会儿向左，一会儿向右，这样传到我们眼里，就觉得一闪一闪的，好像眨眼睛一样。在空气流量大和风大的冬天星星看起来更加美丽，那是因为大气对星光的削弱作用较小。好，现在我们从春季星座开始一个一个来欣赏。"

大家的眼睛跟着解说员的红外线解说棒转了过去。

"这是大家熟知的大熊座，我们非常熟悉的北斗七星就属于这个星座。在我们国家一整年都可以看到它。通过北斗斗口那两颗星星的连线，顺着斗口方向延伸大约五倍远，就可以看到北极星了。大家看到了吗？"

金珠好不容易才找到了北极星。

"这次我们找一下处女座吧。看好了，这些星星连在一起，就像一位有翅膀的女子正用左手捡麦子，这就是处女座。看到发出绿色光的星星了吗？它就是处女座中最亮的星星——斯比卡。斯比卡是圣人的意思。"

瞬间，金珠瞪大了眼睛。

"斯比卡？"坐在旁边的爸爸也很吃惊。

"不是刚才你等的那个人的名字吗？"爸爸在金珠耳边问。

"嗯，是啊。"金珠点点头。

最后，解说员用冬季星座的双子座神话结束了对星座的解说。房间又亮起了灯光，星星全部都消失了。大家像从梦里醒来一样，眯着眼睛站了起来。接着又传来了接待员的声音："下面到观测室参观。请到二楼集合。"

"哇！那现在可以看到真正的星星啦！"妈妈抓住银珠的手快速走了出去。

"金珠，你妈妈看起来更高兴啊！呵呵。"爸爸看着妈妈的背影说。

"是啊。"金珠笑着说。

观测室没有屋顶，夜空仿佛就是它的屋顶，里面放着许多望远镜。有的人在欣赏宁越的夜景，有的人仰望夜空，寻找着什么。

过了一会儿，观测室的接待员出现了。

"这里是观测室。观测室里有屈折望远镜和反射望远镜等多种望远镜，所以能够观测到行星、银河系、星云、星团、月亮的表面和太阳的黑点等。大家的背面还有一间主观测室。在主观测室里有巨大的天文望远镜。大家有机会清晰地看到土星的各个部分。好,祝大家观测愉快!"

大家排着队,按顺序用望远镜观测着北极星、织女星、火星、月亮和土星等星星。过了好一会儿,终于轮到金珠一家人用望远镜观测了。

"妈妈,星星为什么只在晚上出现呢?"突然妹妹银珠大声问妈妈。

"嗯……就是,那个我也不太知道啊。"

看到妈妈不知所措的样子,接待员亲切地为金珠一家解释:"其实白天也是有星星的,只是因为太阳太亮了,看不到了而已。一般晚上8点看到的星座就是那个季节的星座了。"

"原来如此啊。星星原来一直在我们身边啊,就像家人一样,即使有时见不着,但仍然一刻不停地守护着我们呢!老公,不是吗?"妈妈低声说。

"呵呵,老婆你现在就像以前和我约会的少女似的。"

"哈,我的心可还是少女的心哟!"

在金珠眼里,爸爸妈妈有点奇怪,怎么来星座阵

  学习也可以很快乐

营最开心的人是爸爸妈妈呢?

"爸爸和妈妈变得有点奇怪。"金珠忍不住说了一句。

"我们怎么了? 呵呵……"爸爸那震耳的笑声向天空散去。

"那笑声也太大了吧!"金珠小声说。

虽然爸爸的笑声让金珠有点难为情,但她却感觉这一切很温馨。

"要是能成为宇航员,能到太空中去看星星,那该多好啊!"金珠不禁说。

"是啊! 这是你的梦想啊!"爸爸轻轻地摸了摸金珠的头。

"斯比卡说,只会做梦的人是什么都做不了的人。懂得实践的重要性并且不断努力的人才是真正有梦想的人。所以从现在开始,我会为了成为宇航员从小事开始一点一点努力的。"

"哇! 我们的金珠这么厉害啊!"爸爸向金珠竖起了大拇指。

"听到金珠的话后妈妈也有所反省。妈妈不应该把自己的想法强加给你,金珠你有属于自己的星光。

妈妈也不应该代替你选择,而是应该帮助你实现梦想
的。对不起! 金珠。"

妈妈轻轻搂住了金珠。就像小星星进入云彩里
一样,金珠投进了妈妈的怀抱。

这时妹妹银珠也撒起娇来:"我也要抱抱,妈妈。"

紧接着爸爸来了:"也抱抱我吧,老婆。哈哈哈哈!"

笑声传到了夜空,夜空张开了双臂温柔地拥抱着
金珠一家。

所有观测节目结束后,
有些人进了小商店,有些人
下到了一楼。金珠一家走进
小商店闲逛。金珠正在看星
座地图时,突然喇叭中传来
广播员的声音:

"宇宙少女,斯比卡在找
你。听到广播的宇宙少女请
到一楼接待室。"

金珠立刻心跳加速。

"是斯比卡！"

"爸爸，妈妈！斯比卡来了！我先下去了。"

金珠飞快地跑向了楼梯。

"不行！一起去！"爸爸也紧跟着金珠跑了出去。

金珠喘着气到达接待室的时候，值班的姐姐笑着问金珠："是宇宙少女吗？"

"嗯，就是我。"金珠好不容易沉住气，说了出来。

"就是坐在椅子上的那位，他已经等了一个小时了。"

"嗯？"

金珠向值班的姐姐指的方向看了过去。这时金珠的爸爸也跑了进来。

"斯比卡？"

金珠瞪大眼睛盯着坐在角落椅子上的那个人。对方好像也认出了金珠似的站了起来。

"金珠！"

"爷爷！"

"爸爸！"

三个人几乎同时喊了出来，不知所措地站着。刚刚跑过来的妈妈和妹妹银珠也惊讶得瞪大了眼睛。

"哇！是爷爷！"

"爸爸，这是怎么回事啊？"妈妈吃惊地问。

"那么爷爷就是斯比卡？"金珠缓了缓神，说道。

"是啊。呵呵！还能有这样的事情！你居然会是宇宙少女！"爷爷边擦着汗边说。

"真不知道你们在说什么。宇宙少女又是什么？"妈妈疑惑地问金珠。

学习也可以很快乐

"是小不点儿天文台网站的会员名。爷爷的名字是斯比卡，我的是宇宙少女。我偶然发现有宁越斯比卡这个人，然后主动跟他聊天，才变成现在这个样子。斯比卡居然是我爷爷。真的好奇怪啊！哇！真高兴！爷爷！今天运气可真好！"

　　金珠跳起来抱住了爷爷。

　　"爷爷我可想你了。"

"是啊,可能金珠太想爷爷了,所以星星帮你实现了愿望。我们金珠为了实现梦想而拼命努力了,所以才会有这样的幸运的。"

　　"都是托了优先顺序冰激凌的福。它可是来星座阵营的最大功臣。"

　　听到这句话,爷爷笑了起来。

　　金珠一家子幸福的笑声传遍了整个宇宙。

　　学习也可以很快乐

为成就梦想而学习 6

时刻准备着

你有过这样的经历吗？朋友取得成就时，你只会说"他的运气每次都那么好"，然后内心满是羡慕。其实机会只会出现在有准备的人身上。想要取得成就就要具备能力。这种能力不是一两天就可以获得的。一整天的努力和付出或许只会得到一个小小的成就。请每天坚持努力，为所谓的"好运"时刻准备着吧！

1. 每天晚上都要想一想自己的目标。
2. 记下达成目标具体要做哪些事。
3. 每天都要坚持完成当天的任务。
4. 每周思考一次如何取得成就。
5. 思考下一个目标。

让人生之树
结出成就之果

有一天,小区花园里围坐着一群高中生。我走过去问他们:"你们的梦想是什么呢?"

他们的梦想有成为护士、模特、教师、兽医等。但奇怪的是,当问到他们该为梦想做哪些准备时,他们都说不知道。其中一个想要成为模特的孩子说:"我一定要做整形手术。"听到这句话时我不由得笑了起来。

这真是一帮有梦想却不懂得怎样成就梦想的孩子。

梦想不会自己找上门来。努力、毅力、自律、守信用、节俭、实践和自信心……它们就像人生之树的树枝,只有它们充分吸收营养和水分,越来越繁茂,最后人生之树才会结出成就之果。

笔者希望大家通过这本书,可以在心里种下一棵成就的树苗。但这棵树苗如何生根落地,如何长成一棵高大的成就树,这就只能靠大家了。

如果成就树结出了果实，那么那个果实不仅会帮助我们由弱变成强，还会让我们变得幸福。更稀奇的是，还会给别人带来希望哦！光想着也是件幸福的事情。

　　希望成就的喜悦能够给大家带来幸福的笑声。

　　　　　　　　　　　　　　陈恩荣

图书在版编目（ＣＩＰ）数据

学习也可以很快乐 /（韩）陈恩荣著;（韩）李京姬绘;南权萍译.
—武汉:长江少年儿童出版社,2012.6
（最励志校园小说）
ISBN 978−7−5353−6973−4

Ⅰ.①学… Ⅱ.①陈…②李…③南… Ⅲ.儿童文学—中篇小
说—韩国—现代 Ⅳ.①I312.684

中国版权图书馆 CIP 数据核字（2012）第 101615 号

어린이를 위한 성취 The Power of Achievement for Children
Text Copyright 2008 © Chin Eun-young 陈恩荣
Illustration Copyright 2008 © Lee Kyung-hee 李京姬
All rights reserved.
Simplified Chinese translation copyright © 2012 by Hubei Children's Press
Simplified Chinese language edition rights arranged with WISDOM HOUSE
PUBLISHING CO.,LTD through Eric Yang Agency Inc.

著作权合同登记号 图字:17−2011−111

书 名	学习也可以很快乐			
©	陈恩荣 著 李京姬 绘 南权萍 译			
出版发行	长江少年儿童出版社	业务电话	（027）87679199 （027）87679179	
网 址	http://www.cjcpg.com	电子邮件	cjcpg_cp@163.com	
承印厂	武汉鑫佳捷印务有限公司			
经 销	新华书店湖北发行所			
印 次	2012 年 6 月第 1 版,2019 年 3 月第 53 次印刷		印张	10.75
规 格	680 毫米 × 980 毫米		开本	16 开
书 号	ISBN 978−7−5353−6973−4		定价	22.80 元

本书如有印装质量问题 可向承印厂调换